Arquitetura Gótica
e Escolástica

Erwin Panofsky

Arquitetura Gótica e Escolástica

Sobre a analogia entre arte, filosofia e teologia na Idade Média

EDIÇÃO E POSFÁCIO DE
THOMAS FRANGENBERG

martins fontes
selo martins

Título original: GOTISHE ARCHITEKTUR UND SCHOLASTIK.
Copyright © 1951, 1957, 1979 by Saint Vincent Archabbey.
Copyright © 1991, Livraria Martins Fontes Editora Ltda.,
São Paulo, para a presente edição.

1ª edição
dezembro de 1991
2ª edição
agosto de 2001
1ª reimpressão
março de 2012

Tradução
WOLF HÖRNKE

Revisão da tradução
Maria Estela Heider Cavalheiro
Revisões gráficas
Edvaldo Ângelo Batista
Maurício Ribeiro de Barros
Produção gráfica
Geraldo Alves
Paginação/Fotolitos
Renato de Carvalho Carbone

Dados Internacionais de Catalogação na Publicação (CIP)
(Câmara Brasileira do Livro, SP, Brasil)

Panofsky, Erwin, 1892-1968.
Arquitetura gótica e escolástica : sobre a analogia entre arte, filosofia e teologia na Idade Média / Erwin Panofsky ; tradução Wolf Hörnke ; edição e posfácio de Thomas Frangenberg. – 2ª ed. – São Paulo : Martins Fontes, 2001. – (Coleção tópicos)

Título original: Gotische Architektur und Scholastik.
ISBN 85-336-1467-5

1. Arquitetura gótica 2. Escolástica I. Frangenberg, Thomas II. Título. III. Série.

01-3749   CDD-723.5

Índices para catálogo sistemático:
1. Arquitetura gótica   723.5

Todos os direitos desta edição reservados à
Martins Editora Livraria Ltda.
Av. Dr. Arnaldo, 2076
01255-000 São Paulo SP Brasil
Tel.: (11) 3116.0000
info@martinseditora.com.br
www.martinsmartinsfontes.com.br

SUMÁRIO

Arquitetura Gótica e Escolástica 1
Ilustrações 63
Posfácio 111
Bibliografia 129
Fontes iconográficas 133

O historiador não tem como furtar-se à classificação de seu material em "épocas" que são, segundo definição léxica, "períodos históricos diferenciáveis". Para se diferenciarem uns dos outros, cada um desses períodos deve apresentar certa unidade interna e, se o historiador realmente quiser demonstrar tal unidade, em vez de basear-se em meras hipóteses, deverá tentar descobrir analogias entre fenômenos tão claramente distintos como a arte, a literatura, a filosofia, tendências sociais e políticas, movimentos religiosos, etc. Tais tentativas, por louváveis e mesmo imprescindíveis que sejam, levaram à tendência de se querer encontrar paralelismos em toda parte. Que tal atitude é questionável é por demais evidente. Praticamente não há quem possa abranger efetivamente mais do que uma única área mais ou menos delimitada do conhecimento. Quando o cientista ultrapassa suas fronteiras (*ultra crepidam*), terá de confiar em informações incompletas, muitas vezes de segunda mão. São poucos os que resistem à tentação de ignorar ou torcer ligeiramente linhas de desenvolvimento que não evidenciam nenhum paralelismo, e mesmo paralelos autênticos não nos satisfazem se não pudermos compreender sua gênese.

Assim, podemos presumir, com elevada probabilidade de acerto, que mesmo esta tentativa cuidadosa de relacionar a arquitetura gótica e a escolástica será recebida com descofiança tanto pelos historiadores da arte como pelos historiadores da filosofia.[1]

Todavia, ainda que deixemos momentaneamente de lado as analogias mais sutis, há algo de comum entre a arquitetura gótica e a escolástica que dificilmente pode ser considerado casual: sua coincidência no tempo e no espaço. Tal paralelismo é tão obrigatório que os historiadores da filosofia que se ocupam da filosofia medieval periodizaram seu material sem um questionamento mais abrangente, como os historiadores da arte.

I

O renascimento carolíngio das artes coincidiu com a época em que o filósofo João Escoto produzia seus trabalhos (c. 810-877). Os dois fenômenos têm em comum a grandiosidade, o surgimento inesperado e a plenitude de suas potencialidades, cuja realização efetiva só viria a acontecer muito mais tarde. A um processo de fermentação, que duraria cerca de cem anos, seguiram-se nas

---

1. Apontar tais tentativas na literatura mais recente exigiria investigação à parte; aqui teremos de nos satisfazer apenas com as belas considerações de Charles R. Morey a respeito, in *Medieval Art*, Nova York 1942, p. 255-67.

artes as formas multifárias e muitas vezes contraditórias do romântico, que se expressariam, de um lado, nos planos singelos da Escola de Hirsauer ou no rigor estrutural da arquitetura da Normandia e da Inglaterra e, por outro, no rico estilo protoclássico do sul da França e da Itália. Na teologia e na filosofia encontra-se uma multiplicidade semelhante de correntes contraditórias: o fideísmo descompromissado de um Pedro Damião, de um Manegoldo de Lautenbach ou de um Bernardo de Clairvaux, o racionalismo incondicional, sustentado por Berengário de Tours e por Roscellin, e, finalmente, proto-humanismo de Hildeberto de Lavardin, Marbod de Rennes e da Escola de Chartres.

Lanfranco (falecido em 1089) e Anselmo de Bec (falecido em 1109) empreenderiam a heróica tentativa de solucionar o conflito entre a fé e a razão antes mesmo que tivessem sido analisados e formulados os princípios de tal abordagem. Esse processo de análise e definição só viria a ser desencadeado por Gilberto de la Porée (falecido em 1154) e Abelardo (falecido em 1142). Assim, a hora e o local de nascimento dos primórdios da escolástica coincidem com os dos primórdios da arquitetura gótica, na forma que lhe deu o abade Suger, em seu projeto para a igreja de Saint-Denis. Tanto a nova forma de pensar como o novo modo de construir (*opus Francigenum*) disseminaram-se a partir de uma região geográfica circunscrita num raio de aproximadamente cento e cinqüenta quilômetros em torno de Paris — embora o novo estilo, como Suger relata a respeito de seus artífices, tenha sido "criado por muitos mestres, de diferentes países", e tenha evoluído muito rapidamente para um movimento internacional. Por mais de um século e meio, essa região iria manter-se como centro do desenvolvimento da filosofia e da arquitetura.

Normalmente admite-se que o apogeu escolástico teve início por volta da passagem para o século XIII, exatamente no momento em que o apogeu gótico celebrava seus primeiros triunfos na cidade de Chartres e de Soissons. Ambos viveram aqui seu período "clássico", sob o reinado de São Luís (Luís IX, rei da França de 1226 a 1270). Atuaram, simultaneamente nesse período filósofos como Alexandre de Hales, Alberto, o Grande, Guilherme de Auvergne, São Bonaventura e Santo Tomás de Aquino, no apogeu escolástico, e mestre-construtores como Jean Le Loup, Jean d'Orbais, Robert de Luzarches, Jean de Chelles, Hugues Libergier ou Pierre de Montereau, no apogeu gótico. As características que distinguem os primórdios da escolástica de seu apogeu apresentam marcante analogia com aquelas que distinguem o apogeu do estilo gótico de sua fase inicial.

Já se disse, acertadamente, que o suave movimento que diferencia as esculturas do gótico primitivo na fachada ocidental de Chartres de seus precursores românicos, reflete um interesse renovado na psicologia[2], que ficara adormecido durante séculos; essa psicologia ainda se baseava, todavia, na dicotomia bíblica — e também agostiniana — entre o "alento da vida" e a "poeira da terra". As esculturas incomparavelmente mais cheias de vida, ainda que não semelhantes a retratos, do apogeu gótico, em Reims, Amiens, Estrasburgo e Naum-

---

2. Veja-se W. Koehler, Byzantine Art in the West, *Dumbarton Oakes Papers* 1, 1941, p. 85 s.

burgo e a flora e a fauna ornamentais do apogeu gótico, de aparência natural, embora ainda não-naturalista, anunciam a vitória do aristotelismo. Acreditava-se agora que a alma do homem, embora imortal, representasse também o princípio organizador e unificador do corpo mortal, não existindo independentemente dele. Uma planta florescia enquanto planta, não enquanto imagem da idéia de uma planta. Dominava a concepção de que a existência de Deus podia ser provada a partir de suas criações, não precisando ser postulada *a priori*.[3]

Também a estrutura formal da *Summa* do apogeu escolástico diferencia-se das enciclopédias menos abrangentes, articuladas de modo menos rígido e muito menos uniformes, os *Libri Sententiarum* dos séculos XI e XII, da mesma forma como o apogeu do estilo gótico se diferencia de seus predecessores. Com efeito, o conceito de *Summa*, que inicialmente era empregado pelos juristas como título de livro, passou a significar ''breve sumá-

---

3. Veja-se M. Dvořák, *Idealismus und Naturalismus in der gothischen Skulptur und Malerei*, Munique 1918 (originalmente em: *Historische Zeitschrift*, 3ª, série, Tomo XXIII), passim; E. Panofsky, *Deutsche Plastik des elften bis dreizehnten Jahrhunderts*, Munique 1924, p. 65 ss. Podemos perceber nitidamente que as autoridades eclesiásticas tiveram dificuldade de aceitar esse ponto de vista aristotélico moderno. Ainda em 1215, a Universidade de Paris ratificou a resolução do Sínodo de Paris de 1210, que proibiu a *Metafísica* de Aristóteles e suas *Naturalia* (e mesmo edições resumidas dessas obras), assim como os textos abertamente heréticos de David de Dinant e Amauri de Bène, que ensinavam a unidade de Deus com sua criação. Em 1231, o Papa Gregório IX novamente deu consentimento tácito à *Metafísica*, reforçando, todavia, mais uma vez a colocação das *Naturalia* no Index, até que estivessem ''censuradas e expurgadas de seus erros''. Chegou mesmo a nomear uma comissão para tal fim, mas àquela altura já havia passado a oportunidade para a tomada de contramedidas eficazes.

rio" (*singulorum brevis comprehensio* ou *compendiosa collectio*, como o definiu Roberto de Melun em 1150) e, em seguida, exposição exaustiva e sistemática, assumindo sua acepção atual apenas por volta do final do século XII.[4] Exemplo de obra desse novo gênero concluída em primeiro lugar, a *Summa Theologiae* de Alexandre de Hales, a respeito da qual Roger Bacon escreveu que "pesa tanto quanto um cavalo é capaz de carregar", começou a ser elaborada a partir de 1231, ano em que Pierre de Montereau iniciou a construção da nova nave de Saint-Denis.

Os historiadores da filosofia denominam os cinqüenta a sessenta anos posteriores à morte de São Luís, em 1270, — também se poderia dizer, à morte de Bonaventura e de Tomás de Aquino, em 1274, — de período final do apogeu escolástico, como fazem os historiadores da arte em relação ao apogeu gótico. Nessa fase, as diferentes linhas de desenvolvimento, por mais importantes que fossem, não haviam ocasionado ainda uma reorientação espiritual fundamental, manifestando-se antes por uma dissolução gradual do sistema existente. Podemos notar uma tendência crescente à descentralização, tanto no campo intelectual como no artístico — ao

---

4. O termo *compendium* (originalmente "provisões" ou "reservas") significativa então "abreviação" (*compendia montis*) e, nem sentido figurado, "resumo" escrito (*compendium docendi*). Nas resoluções de 1210 e 1215 a respeito da *Metafísica* e das *Naturalia* de Aristóteles, já mencionadas na nota anterior, a palavra *summa* ainda é usada nesse sentido: "*Non legantur libri Aristotelis de metaphysica et naturali historia, nec summa de iisdem.*" Supõe-se geralmente que a primeira *Summa Theologiae* na acepção atual da palavra tenha sido a de Roberto de Courzon, do ano de 1202 (até hoje não publicada na íntegra). Todavia, é provável que as *Summae* de Prévostin e de Stephen Langton (que também trabalhavam em Paris) sejam aproximadamente 10 ou 15 anos mais antigas; veja-se E. Lesne, *Histoire de la propriété ecclésiastique en France*, V. *Les Ecoles de la fin du VIIIe siècle à la fin du XIIe*, Lille 1940, esp. p. 249-51, 676.

qual também pertence a música, a qual, a partir de 1170, aproximadamente, é dominada pela Escola de Notre-Dame, em Paris. Os impulsos criativos não vinham mais do centro e sim daquelas regiões que outrora se situavam na periferia: o sul da França, a Itália, os países de língua alemã e a Inglaterra, a qual demonstrara, no século XIII, certa tendência ao isolamento.[5]

Verifica-se que a confiança na razão, que tudo une, e que triunfou em Tomás de Aquino, começa lentamente a declinar. Isso leva a uma revivescência de correntes que haviam sido reprimidas na fase "clássica", porém num plano totalmente diverso. O lugar da *Summa* passa a ser novamente ocupado por exposições mais modestas e menos sistemáticas. O pensamento pré-escolástico, agostiniano (que defendia, entre outras coisas, a independência entre a vontade e a razão), passa por uma revitalização intensa, em contraposição às teses tomistas: as doutrinas antiagostinianas de Santo Tomás foram condenadas oficialmente pela Igreja três anos após sua morte. Abandonou-se igualmente o tipo "clássico" de catedral em favor de soluções estruturadas de forma menos exaustiva, de aparência freqüentemente arcaica. Nas artes plásticas pode-se observar um reavivamento da tendência pré-gótica ao abstrato e ao linear.

As doutrinas do apogeu "clássico" da escolástica congelam-se em posições didáticas e são ou trivializadas em tratados populares, como o *Somme-le-Roy* (1279) e o *Tesoretto* de Brunetto Latini, ou desdobradas e refinadas até o limite da capacidade de apreensão intelec-

---

5. Veja-se Robert Grosseteste, Roger Bacon ou William Shyreswood.

tual (não é por acaso que o maior pensador desse período, Duns Scotus, falecido em 1308, tinha o cognome de *Doctor Subtilis*. O apogeu gótico "clássico", de modo correspondente, ou torna-se "doutrinário" (para usar uma expressão de Georg Dehios), ou se reduz e simplifica (especialmente nas ordens mendicantes), aliás refina e complica, como no caso dos pinázios de Estrasburgo, da ornamentação abundante de Freiburg ou da caixilharia riquíssima de Hawton ou Lincoln. É só no fim desse período que se prenuncia uma mudança fundamental, que, no entanto, só atingiria pleno e total vigor em meados do século XIV; na história da filosofia a virada do apogeu escolástico para sua fase tardia é geralmente localizada em torno de 1340, quando os textos de Guilherme de Ockham tornaram-se tão influentes que tiveram de ser proibidos.

A essa altura, a força do apogeu escolástico — com exceção das escolas ossificadas dos tomistas e dos scotistas, que continuaram a existir da mesma forma como, por exemplo, a pintura acadêmica sobreviveu a Manet e continua existindo — chegara à poesia e, por fim, ao humanismo, via Guido Cavalcanti, Dante e Petrarca, ou se transformara, via Mestre Eckhardt e seus sucessores, num misticismo anti-racional. Conquanto a filosofia, em sentido estrito, permanecesse escolástica, ela tendia ao agnosticismo. Sem levar em conta os averroístas, que ao longo do tempo se segregaram cada vez mais numa seita, esse processo realizou-se no seio de um poderoso movimento, corretamente designado como "moderno" por escolastas posteriores. Ele teve início com Petrus Aureolus (c. 1280-1323) e culminou com Guilherme de Ockham (c. 1295-1349 ou 1350) no nominalismo crítico ("crítico" em contraposição ao dogmático, pré-escolástico, que possivelmente tem em Roscellinus seu melhor representante, e que praticamente caiu no esquecimento por quase duzentos anos). Os nominalistas negavam, em contraste até mesmo com a filosofia aristotélica, a existência das coisas universais e reconheciam somente as coisas individuais, de modo que o trauma dos escolásticos do apogeu — a indagação a respeito do *principium individuationis*, segundo o qual a idéia de gato se materializa em inúmeros gatos individuais — se desfez sem deixar vestígios. Petrus Aureolus sintetiza-o assim: "Tudo é singular por si próprio, e não por qualquer outra coisa" (*omnis res est se ipsa singularis et per nihil aliud*).

Por outro lado, manifesta-se aí novamente o eterno problema do empirismo: já que a qualidade do "real" só se aplica ao âmbito do que pode ser apreendido pelas *notitia intuitiva*, isto é, às coisas individuais diretamente percebidas pelos sentidos e aos estados ou processos psíquicos específicos (alegria, tristeza, querer, etc.), que se conhece pela experiência interior, então tudo o que é real, a saber, o mundo dos objetos físicos e o mundo dos processos psíquicos, jamais poderá ser racional, ao passo que tudo o que é racional, a saber, os conceitos que se extraem desses dois âmbitos, através da *notitia abstractiva*, jamais poderá ser real. É por isso que todas as questões metafísicas e teológicas — inclusive a existência de Deus, a imortalidade da alma e, pelo menos em um caso (Nicolau de Autrecourt), mesmo o problema da causalidade — só podem ser discutidas com base no conceito de probabilidade.[6]

---

6. Sobre Ockham vejam-se as considerações de R. Guelluy, *Philosophie et Théologie chez Guillaume d'Ockham*, Löwen 1947; sobre Nicolau de Au-

O denominador comum dessas novas correntes chama-se evidentemente subjetivismo — subjetivismo estético no caso do poeta e do humanista, subjetivismo religioso no caso do místico e subjetivismo epistemológico no caso do nominalista. No fundo, os dois extremos — mística e nominalismo — não passam, em certo sentido, dos dois lados de uma mesma moeda. Tanto a mística como o nominalismo traçam linhas divisórias muito nítidas entre fé e razão. Mas a mística, que na geração de Tauler, de Suso, e de Jan de Ruysbroeck, ficara desvinculada da escolástica de forma muito mais nítida do que no tempo de Mestre Eckhardt, procede dessa maneira para preservar a integridade do sentimento religioso, ao passo que o nominalismo procura garantir a integridade do pensamento racional e da observação empírica (Ockham condena expressamente qualquer tentativa de submeter a "lógica, a física e a gramática" ao controle da teologia como "anti-racional").

Tanto a mística como o nominalismo remetem o indivíduo à percepção individual de seus sentidos e de suas experiências psíquicas; o *intuitus* é um conceito muito empregado, que ocupa lugar central tanto em Mestre Eckhart como em Ockham. Todavia, para o místico, seus sentidos intermedeiam idéias de cunho imagético e estímulos emocionais, ao passo que o nominalista os considera meios para a percepção da realidade. O *intuitus* do místico concentra-se na unidade, além de toda diversidade mesma entre o homem e Deus e entre as pes-

---

trecourt, J. R. Weinberg, *Nicolaus of Autrecourt. A Study in 14th Century Thought*, Princeton 1948 [Reed. Nova York 1969].

soas da Trindade, ao passo que o *intuitus* do nominalista mira a multiplicidade das coisas individuais e dos processos psicológicos. Em última análise, ambos os sistemas levam à anulação da linha divisória entre o finito e o infinito. O místico, entretanto, tende antes à expansão de seu ego ao infinito, já que crê na entrega da alma humana a Deus, enquanto o nominalista tende a encarar o mundo das coisas como infinito, já que não vê contradição lógica na idéia de um universo físico infinito e já que não aceita mais as objeções teológicas. Assim, não é de estranhar que a Escola Nominalista do século XIV antecipasse o sistema heliocêntrico de Copérnico, a análise geométrica de Descartes e a mecânica de Galileu e Newton.

A arte do gótico tardio divide-se, de forma comparável, em uma multiplicidade de estilos que refletem essas diferenças regionais e ideológicas. Mas também essa multiplicidade é sustentada por um subjetivismo que apresenta correlação, no plano visual, com o que se observa na vida intelectual. Tal subjetivismo encontra sua expressão mais característica na gênese da interpretação perspectivada do espaço, que teve início com Duccio e Giotto e foi adotada em toda parte, desde as décadas de 1330 e 1340. Ao redefinir o fundo material da pintura ou do desenho como superfície de projeção, a perspectiva — por mais imperfeito que fosse seu manejo no início — passa a descrever não apenas o que se vê, mas como se vê uma coisa sob determinadas condições. Ela fixa o *intuitus*, para usar o conceito de Ockham, diretamente do sujeito sobre o objeto. Desse modo aplaina o caminho para o ''naturalismo'' moderno e confere expressão visual ao conceito de infinito, pois o ponto de fuga da perspectiva só pode ser definido como "a projeção do ponto em que as paralelas se encontram".

É claro que hoje entendemos a perspectiva apenas como um recurso das artes bidimensionais. Mas esse novo modo de ver — ou melhor, esse modo de reprodução que leva em conta o processo visual de fato existente — teria de modificar também as outras artes. Os escultores e os arquitetos também começaram a conceber as formas que criavam não tanto do ponto de vista de volumes isolados e sim como um "espaço imagético" abrangente, embora nesse caso o "espaço imagético" se constituísse no olho do observador, em vez de ser apresentado sob forma de projeção pré-fabricada. De certa forma, também as artes tridimensionais fornecem material para uma experiência imagética. Isso se aplica a todas as esculturas do gótico tardio, ainda que o princípio do caráter imagético não tenha sido levado tão longe, como no caso do portal de Claus Sluter em Champmol, semelhante a um palco, o típico altar entalhado em madeira do século XV, ou como no caso daquelas figuras ilusionistas que olham para o alto da torre da igreja ou de lá para baixo. Vale também para a arquitetura do estilo perpendicular inglês e aos novos tipos de igreja-salão e aos salões escalonados nos países de língua alemã.

Tudo isso vale não só para as inovações, de que se poderia dizer refletem o espírito empirista e particularizador do nominalismo: para a paisagem e as cenas de interiores, que ao mesmo tempo acentuam traços genéricos, e para o retrato autônomo e totalmente individualizado, que representa o modelo, como diria Petrus Aureolus, como algo "singular por si próprio e não por qualquer outra coisa", enquanto pouco tempo antes os retratos apenas transmitiam aos quadros, que ainda continuavam tipificados, uma, por assim dizer, *haecceitas* scotiana. A mesma coisa é o que se verifica também em relação ao novo gênero das imagens devotas, que habitualmente são associadas à mística: a Pietá, o grupo com Cristo e João, a Paixão, Cristo no lagar, etc. A seu modo, essas imagens não são menos ''naturalistas'' — freqüentemente o são até a crueldade — do que os retratos, as paisagens e as cenas de interiores antes referidos. E, onde os últimos evocam um sentimento de infinitude ao confrontar o observador com a infinita multiplicidade e a ausência de limites da criação divina, as imagens devotas atingem o mesmo objetivo, na medida em que permitem ao crente dissolver sua existência na própria infinitude do Criador. Também aqui o nominalismo e a mística revelam-se como *les extrèmes qui se touchent*. É fácil perceber que essas tendências aparentemente inconciliáveis do século XIV se interpenetram de diversas maneiras, fundindo-se finalmente, por um breve e grandioso momento, na pintura dos grandes flamengos e na filosofia de seu admirador Nicolás de Kues, falecido no mesmo ano que Rogier van der Weyden.

II

Na fase do ''apogeu'' desse desenvolvimento surpreendentemente síncrono, isto é, no período entre 1130/40 e próximo de 1270, pode-se detectar, a meu ver, uma relação mais concreta entre a arquitetura gótica e a escolástica do que o simples desenvolvimento paralelo, e, no entanto, mais geral que aquelas (importantíssimas) influências individuais que necessariamente terão sido exercidas por conselheiros instruídas sobre pintores, escultores e arquitetos. Em contraste com um mero desenvolvimento paralelo, trata-se, no caso da conexão a que me refiro, de uma verdadeira relação de causa e efeito; entretanto, contrariamente à influência individual, essa relação de causa e efeito resulta de um processo de difusão genérico, e não de influências diretas. Forma-se a partir do que poderíamos denominar, por falta de termo melhor, um hábito mental — através do qual aqui compreendemos esse surrado lugar-comum em seu sentido exato, escolástico, como "princípio que rege a ação", *principium importans ordinem ad actum*.[7] Tais hábitos mentais exercem sua ação em qualquer cultura: qualquer moderno livro de história está impregnado da idéia de evolução (idéia essa que devia ser objeto de um questionamento muito mais profundo do que o que tem havido até aqui e que, no momento, parece estar entrando em uma fase crítica); todos nós também operamos despreocupadamente com conceitos como insuficiência vitamínica, alergia, fixação materna ou complexo de inferioridade, sem um conhecimento exato de bioquímica ou psicanálise.

Isolar de muitas outras uma força motriz capaz de moldar hábitos mentais, e conceber suas formas de mediação, é, com freqüência, tarefa difícil, quiçá impossível. Entretanto, o período entre 1130/40 e próximo de 1270, e a zona de cem milhas em torno de Paris, consti-

---

7. Tomás de Aquino, *Summa Theologiae* (na seqüência citado como S. T.), I-II, qu. 49, art. 3, c.

tuem uma exceção. A escolástica detinha o monopólio da formação intelectual naquele âmbito restrito. Em geral, a educação espiritual deslocou-se das escolas monásticas para instituições mais urbanas que rurais, de caráter antes cosmopolita que regionalista e, por assim dizer, apenas semi-eclesiásticas, a saber: as escolas de catedrais, as universidades e as *studia* das novas ordens mendicantes que surgiram quase todas no século XIII e cujos membros desempenharam papel de crescente importância mesmo nas universidades. E, da mesma forma como a escolástica, fomentada pela erudição beneditina, fundada por Lanfranco e Anselmo de Bec e levada ao auge pelos dominicanos e franciscanos, o estilo gótico foi fomentado nos mosteiros beneditinos, foi introduzido pela Saint-Denis de Suger e atingiu seu apogeu nas grandes igrejas das cidades. É significativo o fato de que os nomes mais conhecidos da história da arquitetura no período românico provenham de abadias beneditinas, os do apogeu gótico de catedrais e os do gótico tardio de igrejas paroquiais.

É pouco provável que os arquitetos do gótico tenham lido Gilberto de la Porrée ou Tomás de Aquino no original. Mas entraram em contato com o ideário escolástico por inúmeros outros, sem perceber que, por força de sua atividade, tinham de trabalhar com quem esboçava os programas litúrgicos e iconográficos. Haviam freqüentado a escola, tinham ouvido sermões e podiam acompanhar as *disputationes de quolibet* que tratavam de todas as questões imagináveis da atualidade e que se haviam transformado em eventos sociais, comparáveis a nossas óperas, concertos e conferência públicas.[8] Além

---

8. M. de Wulf, *History of Mediaeval Philosophy*, Tomo II, Londres³ 1938 (tradução de E. C. Messenger), p. 9.

disso, havia inúmeras oportunidades para entrar em proveitoso contato com homens eruditos. Só o fato de que nem as ciências da natureza, nem as dos espírito, e nem mesmo a matemática, houvessem desenvolvido ainda métodos e terminologias próprios que não pudessem ser retraçados sem maiores dificuldades pelo leigo, garantia o acesso ao conjunto do conhecimento humano a qualquer intelecto normal, não-especializado. Além disso, e este talvez seja o ponto mais importante, o sistema social evoluía muito rapidamente em direção a uma vida profissional urbana. Organizada de forma ainda não tão rígida quanto o posterior sistema de guildas e a corporação de ofício dos mestres-pedreiros, oferecia um foro em que se podiam encontrar, como interlocutores quase equiparados, sacerdotes e leigos, poetas e juristas, eruditos e artistas. Havia então o editor profissional (o *stationarius*, daí a palavra inglesa *stationer*), que vivia na cidade e produzia, com a ajuda de escribas empregados, grande quantidade de livros manuscritos, sob a supervisão mais ou menos severa da universidade, e que lidava com livreiros (que são mencionados pela primeira vez por volta de 1170), bibliotecários, encadernadores e ilustradores (ao final do século XIII, os *enlumineurs* já ocupavam em Paris todo um conjunto de ruas). Havia o pintor profissional, morador da cidade, o escultor ou joalheiro, o homem de letras profissional (*Scholar*) citadino que, embora via de regra fosse clérigo, dedicava sua vida inteiramente ao escrever e ao ensinar (daí os termos ''escolástico'' e ''escolástica'') e, para não esquecer, havia ainda o arquiteto citadino profissional.

Tal arquiteto profissional — o termo ''profissional'' objetiva aqui uma distinção em relação ao arquiteto monástico que, segundo o uso lingüístico moderno, certamente seria classificado antes como amador (*gentleman architect*) — aprendia seu ofício desde o início e supervisonava suas obras pessoalmente. Nesse processo progredia até o ponto de se tornar um homem do mundo, muito viajado e com freqüência bastante letrado, que gozava de um prestígio social nunca antes visto e que jamais foi superado. Escolhido em sistema de livre concorrência (*propter sagacitatum ingenii*), recebia um salário de causar inveja ao baixo clero. Aparecia na obra ''de luvas e bastonete'' (*virga*) para dar aquelas instruções sucintas que se tornaram proverbiais na literatura francesa para designar um homem que faz seu trabalho bem e com elevado senso de autoconfiança: ''*Par cy me le taille.*''[9] Seu retrato era colocado ao lado daquele do fundador da igreja nos labirintos das grandes catedrais. Após sua morte, em 1263, foi concedida a Hugues Libergier, arquiteto da igreja de Saint-Nicaise em Reims, hoje não mais existente, a homenagem ímpar de ser perpetuado em uma lápide em que foi retratado não só em vestes de uma espécie de homem de letras, como também ostentando nas mãos um modelo da ''sua'' igreja — privilégio que até então só havia sido concedido a patrocinadores nobres (Figura 1). Pierre de Montereau, o arquiteto mais racional de todos os tempos, é agraciado em sua lápide em Saint-Germain-des-Prés com o título *Doctor Lathomorum*: parece que em 1267 o próprio arquiteto foi considerado uma espécie de escolástico.

---

9. ''Corte aqui para mim'', Sobre o uso proverbial dessa conhecida expressão (Nicolas de Briart, reimpresso in: V. Mortet e P. Deschamps, *Recueil de Textes relatifs à l'histoire de l'architecture*, Tomo II, Paris 1929, p. 290), veja-se G. P. in: *Romania* XVIII, p. 288.

III

Quando nos indagamos de que modo esse hábito mental, estimulado pela escolástica inicial e do apogeu, pode ter influenciado a arquitetura gótica, convém deixar de lado o conteúdo dessa estrutura e nos concentrarmos, como teriam aconselhado os próprios escolásticos, em seu *modus operandi*. As concepções mutáveis sobre questões como a relação entre corpo e alma ou sobre as coisas universais ou individuais teriam de materializar-se evidentemente muito mais nas artes plásticas do que na arquitetura. É claro que o arquiteto mantinha contato estreito com os escultores, pintores de vidro, entalhadores, etc., cujo trabalho observava atentamente em todas as suas viagens (o que é corroborado pelo "Livro da Corporação dos Mestres-Pedreiros" de Villard de Honnecourt), que contratava e supervisionava pessoalmente em seu projetos e aos quais transmitia a programação iconográfica que, por sua vez, se bem recordarmos, só poderia ser desenvolvida em estreita cooperação com um conselheiro escolástico. O que ele, "que criava a forma de um edifício sem intervenção manual própria"[10], podia empregar, e efetivamente empregava em sua função de arquiteto, era antes um modo especial de procedimento, modo esse que tinha de ser assimilado imediatamente pelo leigo assim que ele entrasse em contato com as idéias dos escolásticos.

Tal procedimento resulta, como qualquer *modus operandi*, de um *modus essendi*[11]; resulta da *raison d'etre* últi-

---

10. S. T. I, qu. 1, art. 6, c.
11. S. T. I, qu. 89, art. 1, c.

ma da escolástica em sua fase inicial e do apogeu, isto é, a demonstração da unicidade da verdade. Os pensadores dos séculos XII e XIII empreenderam uma tarefa que jamais constara claramente das preocupações de seus predecessores, e que seus sucessores, os místicos e os nominalistas, infelizmente deixaram novamente de lado: a tarefa de firmar uma paz duradoura entre a fé e a razão. "A Santa Doutrina", assim escreve Tomás de Aquino, "utiliza o intelecto humano não para comprovar a fé, mas para explicitar (*manifestare*) o que é exposto por aquela doutrina além da fé."[12] Isso significa que a inteligência humana jamais será bem-sucedida em produzir provas diretas para as questões da fé, como a dos três elementos da Trindade, a assunção da forma humana, a efemeridade da criação, etc.; pode, entretanto, ilustrar e explicar com sucesso essas questões de fé.

Em primeiro lugar, a inteligência é capaz de produzir provas diretas e completas para tudo aquilo que é derivado de outros princípios que não os da revelação, isto é, para todas as proposições da ética, das ciências naturais e da metafísica que possam ser demonstradas pela apresentação de causas e efeitos, inclusive as *preambula fidei*, como a da existência (se bem que não da essência) de Deus.[13] Em segundo lugar, a inteligência humana é capaz de explicar o conteúdo da revelação, ou seja, é capaz de refutar, por meio de argumentos claros, mesmo que apenas negativos, todas as objeções inteligíveis às questões da fé, que, necessariamente,

---
12. S. T. I, qu. 1, art. 8, ad 2.
13. S. T. I, qu. 2, art. 2, c.

ou serão falsas ou carecerão de prova.[14] Pelo lado afirmativo, é capaz de apresentar *similitudines*, ainda que sem caráter probatório, que "explicitam" os mistérios por meio de analogias, como, por exemplo, a comparação entre as três pessoas da Trindade com a relação entre o ser, o saber e o amor no interior de nossa razão[15] e a comparação da criação divina com a obra de um artista terreno.[16]

Dessa forma, a *manifestatio*, a explicitação ou clarificação, é o que eu chamaria de primeiro princípio organizador da escolástica em sua fase inicial e do apogeu.[17] Todavia, para que se possa empregar esse prin-

---

14. S. T. I, qu. 1, art. 8, c: "*Cum enim fides infallibili veritati innitatur, impossibile autem sit de vero demonstrari contrarium, manifestum est probationes quae contra fidem inducuntur, non esse demonstrationes, sed solubilia argumenta.*" Veja-se também o parágrafo citado em F. Ueberweg, *Grundriss der Geschichte der Philosophie*, Tomo II, Berlim[11] 1928, p. 429.

15. S. T., qu. 32, art. 1, ad 2, qu. 27, art. 1 e 3. Como se sabe, Santo Agostinho já havia estabelecido, por meio de uma *similitudo*, a relação entre as três pessoas da Trindade com a relação entre lembrança, razão e amor (*De Trinitate*, XV, 41-2, in: *Patrologia Latina*, Tomo 42, Kol. 1088 ss).

16. S. T., qu. 27, art. 1, ad 3 e passim, por exemplo, qu. 15, art. 3, ad 4.

17. Tal caracterização obviamente não pode ser aplicada por inteiro a um pensador como São Bonaventura, assim como uma caracterização genérica do estilo do apogeu gótico não pode ser aplicada em todos os seus detalhes a um monumento como a catedral de Bourges. Trata-se, em ambos os casos, de exceções do vulto, em que correntes e tradições mais antigas, essencialmente antiescolásticas (ou antigóticas) se desenvolvem no contexto estilítico do apogeu escolástico (ou gótico). Do mesmo modo como o misticismo agostiniano (cultivado no século XII) sobreviveu nos textos de São Boaventura, o primitivo conceito cristão de basílica sem transepto ou quase sem transepto (como ilustram a catedral de Sens, a nave central planejada da Saint-Denis de Suger, Mantes e a Notre-Dame de Paris) reviveu na catedral de Bourges (veja-se S. Mck. Crosby, New Excavations in the Abbey Church

cípio no mais alto nível — em relação à explicação da fé pela razão — ter-se-ia de aplicá-lo à própria razão: se se quiser ''explicitar'' a fé por meio de um sistema de idéias independente e fechado em si, que, além do mais, contrastava com a esfera da revelação, então seria necessário ''explicitar'' justamente o fechamento, a independência e a delimitação de tal sistema de idéias. Isso só seria possível por meio de uma forma de expressão escrita que esclarecesse os processos de pensamento para a capacidade imaginativa do leitor do mesmo modo como o processo de pensamento explicita a verdadeira natureza da fé a seu intelecto. Foi assim que se desenvolveu o formalismo ou esquematismo dos textos escolásticos, de que tantas vezes se zombou, e que tiveram seu ponto alto na *Summa* clássica[18], com suas três exigências básicas: 1. Completude (enumeração suficiente); 2. Ordenamento segundo um sistema de partes equivalentes e de partes das partes (estruturação suficiente); 3. Clareza e força probatória (relação de reciprocidade suficiente). Tudo isso ainda foi incrementado pela exigência relativa de expressão literária análoga às *similitudines* de Tomás de Aquino: escolha de palavras sugestivas, parallelismus membrorum e rima. Exemplo bem conhecido

---

of Saint-Denis, *Gazette des Beuax-Arts*, 6ª série XXVI, 1944, p. 115 ss e, mais adiante, p. 41). É de notar que tanto a filosofia de São Boaventura como a catedral de Bourges (que pode ser chamada de ''igreja agostiniana'') não tiveram seguidores em seus aspectos mais significativos: mesmo os franciscanos, que mantinham posição muito crítica em relação ao tomismo, não puderam sustentar o antiaristotelismo obstinado de São Boaventura, e mesmo aqueles arquitetos que não partilhavam os ideais de Reims e Amiens não aceitavam a manutenção da abóbada hexapartida em Bourges.

18. Veja-se, por exemplo, A. Dempf. *Die Hauptform mittelalterlicher Weltanschauung. Eine geisteswissenschaftliche Studie über die Summa*, Munique, Berlim 1925.

desses dois últimos recursos estilísticos — ambos de sentido tanto artístico como mnemônico — é a defesa sucinta, por parte de São Boaventura, dos quadros religiosos, que são declarados admissíveis: *"propter simplicium ruditatem, propter affectuum tarditatem, propter memoriae labilitatem."*[19]

Para nós é perfeitamente normal que obras científicas relevantes, em especial tratados e dissertações filosóficas sistemáticas, sejam estruturadas de acordo com determinado esquema e divididos em seções que possam ser resumidos num índice ou sumário. As subdivisões são identificadas por números e letras de uma mesma família, de modo que se estabelece a mesma relação entre parágrafo (a), seção (1), capítulo (I) e tomo (A) que entre parágrafo (b), seção (5), capítulo (IV) e tomo (C). Entretanto, antes do aparecimento da escolástica, desconhecia-se esse tipo de ordenamento sistemático.[20] As obras clássicas, exceto talvez aquelas que consistiam em artigos enumeráveis, como, por exemplo, as coletâneas de poemas curtos ou os tratados matemáticos, eram divididas apenas em tomos. Quando hoje em dia queremos fazer uma citação precisa, e nisso nadamos, sem suspeitá-lo, nas águas da escolástica, ou temos de indicar a página exata de uma edição impressa, amplamente aceita como abalizada (como fazemos no caso de Platão ou Aristóteles), ou temos de ater-nos a um esquema de estruturação introduzido por um humanista da Renascença, segundo o qual determinado capítulo é indicado por "Vitruv VII, 1, 3".

---

19. Bonaventura, *In Lib. III Sent.*, dist. 9, art. 1, qu. 2. Sobre a crítica de Bacon a tais recursos retóricos, veja-se, mais adiante, p. 48.
20. Veja-se adiante, p. 48 ss.

Parece que é apenas a partir da alta Idade Média que os "tomos são subdivididos em capítulos numerados, cuja seqüência, todavia, não implicava ou refletia um esquema lógico de ordenamento. Foi só no século XIII que os grandes tratados passaram a ser estruturados segundo um plano global (*secundum ordinem discipliniae*[21]), que conduz o leitor passo a passo de um pensamento a outro, chamando constantemente sua atenção para tal procedimento. Toda a obra é subdividida em *partes* que podem ser desdobradas em *partes* menores — como o segundo segmento da *Summa Theologiae* de Tomás de Aquino — e estas, por sua vez, em *membra, quaestiones* ou *distinctiones* e estes, finalmente, em *articuli*.[22] No interior dos *articuli*, a discussão realiza-se de acordo com um esquema dialético, que requer novas subdivisões. Quase todas as idéias são desdobradas, segundo suas relações mutáveis com outras idéias, em dois ou mais significados (*intendi potest dupliciter, tripliciter,* etc). Por outro lado, certo número de *membra, quaestiones* ou *distinctiones* é reunido com freqüência num grupo. A primeira das três *partes* da *Summa Theologiae* de Tomás de Aquino, uma mistura imponente de Lógica e simbologia da Trindade, constitui um exemplo típico.[23]

---

21. S. T., Prólogo.
22. Alexandre de Hales, que aparentemente foi o primeiro a empregar tal desdobramento, subdivide *partes* em *membra* e *articuli*; Santo Tomás subdivide, na *Summa Theologiae, partes* em *quaestiones* e *articuli*. Os comentários a respeito das sentenças geralmente dividem as *partes* em *distinctiones* que, por sua vez, são subdivididos em *quaestiones* e em *articuli*.
23. Esta primeira parte, que se ocupa de Deus e da ordem da criação, é estruturada da seguinte forma:
    I. Essencialidade (qu. 2-26)
       a. Deus existe? (qu. 2)

Naturalmente, tudo isso não significa que os escolásticos pensassem de forma mais metódica ou lógica que Platão ou Aristóteles, mas, sim, que se sentiam obrigados, ao contrário de Platão e Aristóteles, a destacar o ordenamento e a lógica de seu pensamento e a demonstrar que o princípio da *manifestatio*, que assegurava o sentido e o enquadramento de seu pensamento, também determinava sua forma de exposição e essa forma se subordinava, por assim dizer, ao postulado da *clareza em nome da clareza*.

IV

Dentro da própria escolástica, o referido princípio resultou no fato de que tudo tinha de ser explicitado;

---

    1. A afirmação de sua existência é evidente? (art. 1)
    2. É demonstrável? (art. 2)
    3. Deus existe? (art. 3)
  b. Como é Deus, ou melhor, como ele não é? (qu. 3-13)
    1. Como Deus não é (qu. 3-11)
    2. Nosso conhecimento de Deus (qu. 12)
    3. Os nomes de Deus (qu. 13)
  c. A ação de Deus (qu. 14-26)
    1. Sua sabedoria (qu. 14-18)
    2. Sua vontade (qu. 19-24)
    3. Seu poder (qu. 25-26)
 II. Diferença entre as pessoas (qu. 27-43)
  a. Origem ou exalação (qu. 27)
  b. Relações quanto à origem (qu. 28)
  c. Das pessoas divinas (qu. 29-43)
III. O início das criaturas em Deus (qu. 44 até o final)
  a. A gênese das criaturas (qu. 44-46)
  b. A diferença entre as criaturas (qu. 47-102)
  c. A condução das criaturas (qu. 103 até o final)

não apenas aquilo que, apesar de relevante, estava sujeito a omissões, mas, às vezes, também introduzindo-se coisas absolutamente supérfluas, ou coisas que destruiriam o ordenamento natural do tratado, em benefício de uma simetria artificial. Já no prólogo de sua *Summa Theologiae*, Tomás de Aquino reclama, com vistas a seus predecessores, da "infinidade de questões, seções e argumentos inúteis" e da tendência que demonstravam de tratar os assuntos "não segundo preceitos de ordem e disciplina, mas segundo os requisitos da exposição literária. A paixão pela "clareza" transmitiu-se, todavia, a todos os espíritos envolvidos em questões culturais — o que é perfeitamente natural, tendo em vista que a escolástica detinha o monopólio da formação intelectual — tendo-se tornado um hábito mental.

Independentemente do que examinarmos — seja um tratado médico, um manual de mitologia clássica (como o *Fulgentius Metaforalis* de Ridewall), seja um texto de propaganda política, um panegírico a um governante ou uma biografia de Ovídio[24] — encontramos sem-

---

24. Exemplo típico de panegírico escolástico é uma *collatio* em homenagem a Carlos IV, composta pelo papa Clemente VI (R. Salomon, M. G. H., *Leges* IV, 8, p. 143 ss). Nela, Carlos IV é comparado ao rei Salomão, sob os títulos dos capítulos: *Comparatur, Collocatur, Approbatur* e *Sublimatur*, sendo cada título subdividido como segue:
A. *Comparatur*. Solomon
  I. in aliquibus *profecit*
    a. in latriae magnitudine;
    b. in prudentiae certitudine;
    c. in iustitiae rectitudine;
    d. in clementiae dulcedine.
  II. in aliquibus *excessit*:
    a. sapientiae limpitudine;
    b. in abundantiae plenitudine;

pre a mesma predisposição obstinada à estruturação e à subdivisão sistemática, à composição metódica, à terminologia clara, ao *parallelismo membrorum* e à rima. A *Divina Comédia* de Dante não só deve grande parte de seu conteúdo ao ideário escolástico, mas também sua forma conscientemente trinitária.[25] Na *Vita Nuova*, o poeta chega a desviar-se de seu tema para analisar a seqüência de idéias de todos os sonetos e *canzioni*, de maneira perfeitamente escolástica, como "partes" e "partes das

---

  c. in facundiae amplitudine;
  d. in quietae vitae pulchritudine.
 III. in aliquibus *defecit*:
  a. in luxuriae turpitudine;
  b. in perseverantiae longitudine:
  c. in idolatriae multitudine;
  d. in rei bellice fortitudine, etc., etc.

 O tratado mitográfico de Ridewall foi editado por H. Liebeschütz: *Fulgentius Metaforalis* (= *Studien der Bibliothek Warburg*, IV), Leipzig, Berlim 1926. Com relação à sistematização das *Metamorfoses* de Ovídio (*naturalis, spiritualis, magica, moralis* e *de re animata in rem inanimatam, de re inanimata in rem inanimatam, de re inanimata in rem inanimatam, de re inanimata in rem inanimatam*), veja-se F. Ghisalberti, Mediaeval Biographies of Ovid, *Journal of the Warburg and Courtauld Institutes*, IX, 1946, p. 10 ss, especialmente p. 42.

 25. Os primeiros manuscritos, edições e comentários revelam claramente o grau de consciência que se tinha de que a primeira *Cantica* começa propriamente com o *Canto 2* (tendo, assim, como as demais *Cantica*, 33 *Canti*). No manuscrito trivulziano de 1337 (editado por L. Rocca, Milão 1921) ou nos incunábulos, como a edição veneziana de Wendelin de Speyers, encontramos os seguintes títulos: "*Comincia il canto primo de la prima parte nelaquale fae* proemio a tutta l'opera" e "*Canto secondo dela prima parte nelaquale fae* proemio ala prima canticha solamente, *cioè ala prima parte di questo libro solamente*". Veja-se o comentário de Jacopo della Lana (reproduzido na edição da *Divina Comédia* de L. Scarabellis de 1866, p. 107 e 118): "*In questi due primieri Capitoli* [...] *fa proemio e mostra sua disposizione* [...]. *Qui* [i.e, no Canto 2] *segue suo proema pregando la scienzia che lu aiuti a trattare tale poetria, sicome è usanza delli poeti in li principii delli suoi trattati, e li oratori in li principii delle su arenghe.*"

partes'', ao passo que, meio século depois, Petrarca iria pensar a estrutura de seus poemas antes do ponto de vista sonoro que lógico. "Queria inverter a seqüência das quatro estrofes, de tal modo que o primeiro quarteto e o primeiro terceto fossem deslocados respectivamente para o segundo lugar, e vice-versa", escreve ele a respeito de seus sonetos, "mas deixei a idéia de lado porque, nesse caso, o som mais cheio teria ficado no meio e o mais cavo no início e no fim".[26]

O que se observa na poesia aplica-se também às artes plásticas. A moderna psicologia da Gestalt recusa-se, ao contrário das doutrinas do século XIX e em consonância com as do século XIII, a "atribuir a capacidade de síntese apenas às funções superiores da mente humana", e realça as forças configurativas dos processos sensoriais". A própria percepção é hoje considerada — cito textualmente — uma espécie de "inteligência", que "organiza os objetos da percepção segundo o modelo de configurações simples e 'boas' ", no "*esforço do organismo de assimilar estímulos à sua própria estruturação*".[27] Temos aí uma formulação moderna para o que Tomás de Aquino quis dizer quando escreveu: "Os sentidos exultam ante coisas bem proporcionadas, já que estas se lhes assemelham; pois também os sentidos são uma espécie de razão, assim como qualquer força cognitiva." ("*Sensus delectantur in rebus debite proportionatis sicut in sibi similibus; nam et sensus ratio quaedam est, et omnis virtus cognoscitiva.*"[28])

---

26. T. E. Mommsen (Introdução), *Petrarch, Sonnets and Songs*, Nova York 1946, p. XXVII.
27. R. Arnheim, Gestalt and Art, *Journal of Aesthetics and Art Criticism*, 1943, p. 71 ss; idem, Perceptual Abstraction and Art, *Psychological Review*, LIV, 1947, p. 66 ss, especialmente p. 79.
28. *S. T.* I, qu. 5, art. 4, ad 1.

Não é de estranhar que um modo de pensar que considerava necessário "clarear" a fé por meio de um apelo à razão e a razão por meio de um apelo à capacidade imaginativa também se sentisse obrigado a "clarear" esta última por meio de um apelo aos sentido. Tal preocupação exerceu influência indireta mesmo sobre a literatura filosófica e teológica, já que a articulação intelectual de um objeto de discussão implica a articulação acústica da fala por meio de expressões padronizadas, bem como a articulação da página escrita por meio de intervalos, itens numerados e parágrafos. Sobre as artes, esse modo de pensar exerceu influência direta. Da mesma forma como a música passou a ser articulada por uma divisão sistemática do tempo (a notação musical usada até hoje e que ainda emprega — pelo menos na Inglaterra — os termos originais como "breve", "semibreve", "mínima", etc., foi introduzida no século XIII pela Escola de Paris), as artes plásticas foram articuladas por meio de uma divisão sistemática e exata do espaço, o que conduziu a uma "clareza em nome da clareza" no contexto narrativo das artes plásticas e no contexto funcional da arquitetura.

No âmbito das artes plásticas, isso pode ser comprovado pela análise de qualquer figura individual; mas a idéia fica ainda mais nítida nas composições de figuras em grupos. Excetuados os casos especiais de Magdeburgo e Bamberg, os portais do apogeu gótico, por exemplo, são compostos, via de regra, segundo um esquema rígido e bastante uniforme, que explicita o conteúdo narrativo por meio da ordenação da estrutura formal. Basta comparar o belo, porém ainda insuficientemente "clareado", portal de Autun (Figura 2), que se refere ao Juízo Final, com os portais de Paris (Figura 3) ou de Amiens, onde se verifica — apesar de uma riqueza ainda maior de motivos — perfeita clareza. O tímpano é claramente dividido em três registros (recurso de estilo desconhecido do românico, menos no caso de algumas exceções fundamentadas, como as de Saint-Ursin-de-Bourges ou Pompierre), de modo que a deesis fica separada dos condenados e dos eleitos e estes, por sua vez, dos ressuretos. Os apóstolos, que no tímpano de Autun ainda ocupavam posição um tanto insegura, situam-se agora nos painéis laterais do portal, acima das 12 virtudes e dos 12 vícios (esquema esse que se desenvolve a partir do anteriormente usual grupo de sete, por meio de uma subdivisão escolasticamente correta da *Justitia*), de tal modo que *Fortitudo* é agregado a São Pedro, a "pedra fundamental", e *Caritas* a São Paulo, autor da I Epístola aos Coríntios, 13. As virgens sábias e as virgens loucas, precursoras dos eleitos e dos condenados, encontram-se, qual marginália, nos batentes da porta.

Na pintura, tal processo de clarificação pode ser retraçado, por assim dizer, como um experimento "*in vitro*". Por uma feliz coincidência, temos a possibilidade de comparar uma série de miniaturas da época de 1250 com seus modelos diretos, elaborados na segunda metade do século XI — provavelmente depois de 1079 e certamente antes de 1096 (Figuras 4 a 7).[29] As duas mais conhecidas (Figuras 6 e 7) mostram o rei Felipe I conferindo privilégios e doações, entre as quais a igreja de Saint-

---

29. Paris, Bibl. Nac., ms. Nouv. Acq, lat. 1359 e Londres, Mus. Brit., ms. Add. 11662 (veja-se M. Prou, Dessins du XIe siècle et peintures du XIIe siècle, *Revue de l'Art Chrétien* XXIII, 1890, pp. 122 ss.; também M. Schild-Bunim, *Space in Mediaeval Painting*, Nova York 1940 [Reed. Nova York 1970], p. 115.

Samson, ao mosteiro de Saint-Martin-des-Champs. Enquanto o modelo do românico primitivo, um bico-de-pena sem margens, mostra uma confusão de pessoas, prédios e inscrições, a versão do apogeu gótico é uma imagem cuidadosamente ordenada. A cena é contornada por uma margem e, em função de um novo senso de realismo e de dignidade citadina, acrescentou-se uma cerimônia de sagração na margem inferior. Os diferentes elementos do quadro são aqui cuidadosamente separados, e a área compreendida entre as margens é dividida em quatro campos nitidamente delimitados, correspondendo, respectivamente, às categorias: realeza, edifício da igreja, episcopado e nobreza mundana. As duas construções, a própria igreja de Saint-Martin e a de Saint-Samson, não apenas são colocadas no mesmo nível, como são também reproduzidas em vista claramente lateral, em vez de em uma projeção não-uniforme. O fato de que os dignatários, antes desacompanhados e representados em vista frontal uniforme, venham agora acompanhados de umas poucas pessoas importantes, se movam e conversem entre si, tudo isso antes realça que diminui sua importância individual. O único sacerdote que se encontra, por boas razões, entre os condes e príncipes, o arcediago Drogo, de Paris, contrasta claramente com eles por sua casula e mitra.

Mas é no campo da arquitetura que o hábito do clareamento celebra seus maiores triunfos. Assim como o apogeu escolástico foi regido pelo princípio da *manifestatio*, o apogeu gótico foi dominado, como já observou Suger, pelo que se pode denominar "princípio de transparência". O período pré-escolástico havia separado a fé da razão por meio de uma barreira intransponível, como uma contrução românica (Figura 8), que transmite a impressão de um espaço rigidamente delimitado e impenetrável, independentemente de onde se observar, de dentro ou de fora do prédio. O misticismo, ao contrário, iria afogar a razão na fé, ao passo que o nominalismo tentaria separar as duas definitivamente. Ambas encontram sua expressão na igreja-salão do gótico tardio. Seu invólucro, semelhante a um celeiro, abarca um espaço interno com freqüência extraordinariamente pictórico e sempre transmitido a impressão de ser ilimitado (Figura 9), de modo a estabelecer um espaço que de fora parece fechado e impenetrável, mas de dentro permeável e ilimitado. Em contraste com isso, a filosofia do apogeu escolástico separava rigidamente a esfera da fé do âmbito do conhecimento racional, insistindo porém em que os conteúdos da fé permanecessem claramente identificáveis. De modo semelhante, a arquitetura do apogeu gótico separou o espaço interno do externo, insistindo, porém, em que o espaço interno como que se projetasse por meio da estrutura envolvida (Figura 21); é por isso, por exemplo que o corte transversal da nave pode ser inferido a partir da fachada (Figura 34).

Como a *Summa* do apogeu escolástico, a catedral do apogeu gótico aspirava em primeiro lugar à "completude", caminhando, assim, por meio da síntese e da eliminação, em direção a uma solução completa e definitiva. É por isso que se pode falar da planta, ou do sistema, do apogeu gótico com muito mais propriedade que em relação a qualquer outra época. Através de seu programa imagético, a catedral do apogeu gótico tentava representar todo o conjunto do conhecimento cristão da teologia, da moral, das ciências naturais e da história, no qual tudo tinha seu lugar certo, e sendo suprimido o que não tivesse. De modo semelhante, buscou-se na estrutura arquitetônica uma síntese de todos os motivos centrais, transmitidos por variados caminhos, para finalmente se chegar a um equilíbrio singelo entre basílica e edificação central, mediante a eliminação de todos os elementos que pudessem perturbar o equilíbrio, como a cripta, a galeria e as torres, excetuadas as duas situadas no lado frontal.

A segunda exigência que a escolástica fazia ao texto, a "estruturação segundo um sistema de partes e partes das partes homólogas", encontra sua expressão mais viva na divisão e subdivisão uniforme de toda a edificação. A multiplicidade de formas das abóbadas orientais e ocidentais do românico, que muitas vezes encontramos numa mesma construção (abóbadas de arco cruzado, abóbadas de berço, abóbadas de nervuras, abóbadas esféricas ou semi-esféricas), é substituída pela recém-desenvolvida abóbada de nervuras, de modo que até as sílabas da abside, das capelas laterais e do deambulátorio não se distinguem mais daquelas do conjunto longitudinal e do transepto (Figuras 10 e 11). Desde Amiens não há mais superfícies arredondadas, a não ser, naturalmente, as coberturas das abóbadas. No lugar do contraste até então existente entre o conjunto longitudinal de três naves e o transepto indiviso (ou entre o conjunto longitudinal de cinco e o transepto de três naves), encontramos agora ambos esses conjuntos divididos em três partes. As diferenças entre os vãos das seções de abóbada da nave central e das naves laterais (diferenças quanto ao tamanho relativo ou à forma das abóbadas ou a ambos) dão lugar agora a uma *travée* uniforme, onde um vão nervurado da nave central forma uma unidade com um vão nervurado de cada uma das naves laterais. O conjunto se compõe, assim, das menores unidades —

é como se pudéssemos falar de *articuli* — que mantêm correspondência entre si na medida em que, ao nível da planta, são triangulares e cada um dos triângulos apresenta lados comuns com os triângulos vizinhos.

Quanto ao resultado, essa homologia entre as partes da construção assemelha-se à hierarquia dos ''níveis lógicos'' num tratado escolástico bem estruturado. Se dividirmos toda a edificação, como era costume na época, em três partes principais, a saber: o conjunto longitudinal, o transepto e o coro (incluindo neste último o(s) cruzeiro(s) do antecoro) e, se no interior dessas partes distinguirmos, de um lado, nave central e naves laterais e, do outro, abside, deambulatório e franja de capelas radiais, podemos detectar as seguintes relações analógicas entre as diversas partes da construção: 1. entre cada cruzeiro da nave central, a nave central como um todo e, respectivamente, nave central, transepto ou antecoro; 2. entre cada cruzeiro das naves laterais, cada nave lateral como um todo e todo o conjunto longitudinal, respectivamente o transepto ou o antecoro; 3. entre cada segmento da cabeceira do coro, o conjunto da cabeceira e o coro como um todo; 4. entre cada segmento do deambulatório, o conjunto do deambulatório e do coro como um todo, e, 5. entre cada capela, a franja de capelas radiais e o coro como um todo.

É impossível e desnecessário descrever aqui, em seus mínimos detalhes, os efeitos desse princípio da divisibilidade progressiva (ou, visto de outro ângulo, da multiplicidade progressiva), sobre todo o edifício da igreja. No auge desse desenvolvimento, os suportes eram divididos em pilar principal, colunas adossadas, colunas adossadas secundárias e colunetas novamente subordinadas a estas últimas; a caixilharia das janelas, os trifórios e as arcadas cegas eram divididas em suportes e perfis de primeira, segunda ou terceira ordem; nervuras e arcos eram subdivididos numa série de perfis (Figura 28). Deve-se mencionar, entretanto, que exatamente esse princípio da homologia, que impregna toda a construção, acarreta uma uniformidade relativa que diferencia a linguagem formal do apogeu gótico daquela do românico. Todas as partes situadas num mesmo "nível lógico" — e isso é patenteado particularmente por aqueles elementos decorativos e representativos que formam equivalentes arquitetônicos às *similitudines* de Tomás de Aquino — eram consideradas elementos de uma mesma classe, de modo que a incrível multiplicidade de formas, por exemplo dos baldaquins, da decoração dos plintos e do assoalho e, especialmente dos pilares e dos capitéis, foi abandonada em troca de tipos muito mais padronizados, em que admitiam uma variabilidade no máximo igual à que a natureza reserva aos indivíduos de uma mesma espécie. Até a moda do século XIII caracteriza-se por uma racionalidade e uma uniformidade (mesmo no que se refere à diferença entre vestuário masculino e feminino) nunca vistas em momento anterior ou posterior.

As possibilidades teoricamente infinitas de desdobramento das estruturas de uma edificação são delimitadas pela terceira condição estabelecida em relação ao tratado escolástico: "clareza e força probatória dedutiva". De acordo com as exigências clássicas do apogeu escolástico, os elementos individuais, ainda que pertençam a um todo indivisível, devem realçar sua identidade, de modo a distinguir-se claramente uns dos outros —

as colunas adossadas devem sê-lo da parede ou do núcleo do pilar, as nervuras de suas vizinhas, e todos os elementos construtivos verticais dos arcos; entre todos deve existir uma relação de reciprocidade nítida. É necessário que se possa reconhecer a pertinência de uma parte construtiva à outra, donde resulta o que poderíamos denominar ''o princípio da dedutibilidade recíproca'' — não no sentido da arquitetura da Antiguidade, onde se observam relações dimensionais, mas sim no sentido da forma dada aos elementos. Enquanto no gótico tardio não só era possível, como até se buscava conscientemente a transição fluente e a interpenetração mútua entre os elementos, e se ignorava de bom grado a lei das relações recíprocas, por exemplo contrastando o desdobramento estrutural excessivo da abóbada com o desdobramento insuficiente dos pilares, o estilo clássico exigia não só que se pudesse inferir o interior do exterior ou a forma das naves laterais da nave central, mas também que a estrutura de todo o sistema, por exemplo, pudesse ser inferida a partir de um único pilar.

Este último exemplo é particularmente instrutivo. Para garantir a uniformidade de todos os suportes, inclusive daqueles que separam o deambulatório da abside (e, quem sabe, obedecendo a uma tendência clássica latente), os construtores das igrejas mais importantes depois de Senlis, Noyon e Sens abandonaram o pilar fasciculado e ergueram as arcadas da nave central sobre colunas cilíndricas (Figura 24).[30] Obviamente, isso inviabilizou a ''reprodução'', por assim dizer, da estrutura do alto na conformação dos pilares. Para mantê-la, sem, no entanto, abandonar nova-

---

30. Com as seguintes exceções: Fécamp (após 1168), onde há apenas pilares fasciculados. A parte oriental de Saint-Leu-d'Esserent (c. 1190), que apresenta sistema alternado; Saint-Yved-de-Braine (pós-1200), com pilares fasciculados no coro; Longpont, com pilares cilíndricos.

mente a forma já amplamente consagrada, inventou-se o *pilar cantonado*, ou seja, o pilar em forma de coluna com quatro semicolunas ou três quartos de coluna adossadas (Figuras 25-27). Esse tipo de pilar, empregado em Chartres, Reims e Amiens[31], embora possibilitasse a "reprodução" das nervuras transversais da nave central e das naves laterais, bem como das arcadas longitudinais da nave central, não permitia a "reprodução" das nervuras diagonais (Figura 46). A solução difinitiva foi encontrada (na igreja de Saint-Denis) com a retomada do pilar fasciculado, que nesse momento, todavia, foi formado de modo a "reproduzir" cada traço gótico da construção superior (Figura 28). O perfil interno das arcadas da nave central é sustentado por uma coluna adossada mais forte, os perfis externos por colunas adossadas mais finas; as nervuras transversais e diagonais da nave central são amparadas por três colunas adossadas vindas de baixo (sendo a do meio mais espessa que as duas laterais), e a elas correspondem três colunas, formadas do mesmo modo, que dão origem às nervuras transversais e diagonais da nave lateral. Mesmo aquilo que sobrou da "parede" da nave central, o único ele-

---

31. Os experimentos no sétimo e no nono par de pilares da nave central da catedral de Laon não tiveram qualquer efeito significativo sobre a evolução posterior. No caso dos pilares de Soissons (cilíndricos com apenas uma semicoluna adossada, voltada para a nave central) trata-se, a meu ver, de uma relação dos pilares cantonados plenamente desenvolvidos de Chartres, que apresentam colunas antepostas em todos os quatros lados. Esse modelo é imitado muito superficialmente na Notre-Dame de Paris (segundo par de pilares a partir do oeste) e tem sua importância por ter influenciado a arquitetura provincial após meados do século XIII (veja-se nota 61), além dos pilares na área do coro (e somente ali) das catedrais de Reims e de Beauvais. Como relação ao desenvolvimento do pilar cantonado, veja-se p. 56 ss.

mento construtivo que teimaria em continuar sendo "parede", a partir daí encontrou sua "expressão" no núcleo retangular do pilar, "semelhante a uma parede" (Figura 47).[32]

Isso é realmente "racionalismo". Não o mesmo racionalismo esboçado por Choisy e Viollet-le-Duc[33], pois os pilares fasciculados de Saint-Denis não possuem vantagens funcionais ou econômicas em relação aos pilares cantonados de Reims e Amiens; mas, tampouco trata-se, como nos quer fazer crer Pol Abraham, de "ilusionismo".[34] Do ponto de vista do moderno historiador da arte, a notória controvérsia entre Pol Abraham e os funcionalistas pode conciliar-se em uma solução de compromisso razoável, proposta por Marcel Aubert e Henri Focillon, e que Ernst Gall[35] já havia considerado.

---

32. Alguns historiadores da arquitetura consideram Reims e Amiens (conjunto longitudinal) o apogeu do estilo gótico e vêem na eliminação completa das paredes intermediárias em Saint-Denis, na Saint-Chapelle, na Saint-Nicaise, em Remis, ou na Saint-Urbain, em Troyes, o início do declínio e da decadência (*"Gothique rayonnant"* vs. *"Gothique classique"*). Trata-se, obviamente, de uma questão de definição (veja-se P. Frankl, A French Gothic Cathedral: Amiens, *Art in America*, XXXV, 1947, p. 294 ss). Todavia, parece, antes, que o estilo gótico, medido por seus próprios padrões de excelência, só iria atingir sua plenitude onde a parede fosse reduzida ao mínimo tecnicamente viável, ao mesmo tempo que alcançasse um máximo de "derivabilidade". Suspeito até que o ponto de vista acima mencionado tem origem meramente lingüística, pois os conceitos de "apogeu gótico clássico" e *"Gothique classique"* costumam ser automaticamente associados aos padrões de forma do classicismo grego e romano, e não aos do gótico. Os próprios construtores de Amiens adotaram o trifório envidraçado de Saint-Denis com entusiasmo (transepto e coro), assim que tomaram conhecimento dele.

33. A interpretação de Viollet-le-Duc é levada ao extremo por L. Lemaire, La logique du style Gothique, *Revue néoscolastique*, XVII, 1910, p. 234 ss.

34. P. Abraham, *Viollet-le-Duc et le rationalisme mediéval*, Paris 1934 (veja-se também a discussão no *Bulletin de l'office international des Institutes et d'histoire de L'art*, II, 1935).

35. E. Gall, *Niederrheinische und normannische Architektur im Zeitalter der Frühgotik*, Berlim 1915; idem, *Die gotische Baukunst in Frankreich und Deutschland*,

Não há dúvida de que Pol Abraham erra quando questiona o valor prático de elementos construtivos como nervuras e arcobotantes. O esqueleto de "nervuras livremente construídas" (*arcus singulariter voluti*)[36], que são muito mais robustas e estáveis do que fazem crer seus graciosos perfis, apresentava vantagens técnicas consideráveis, visto que propiciava a fixação livre do cimbre da abóbada (o que economizava muita madeira e mão-de-obra na armação do cimbre), além de diminuir o volume da cobertura. O resultado simples dos complicados cálculos modernos, que os mestres-construtores do gótico conheciam tão bem da prática, a ponto de o considerarem óbvio em seus textos[37], enuncia-se assim: um arco com o dobro da espessura de outro possui, *ceteris paribus*, o dobro da capacidade de carga deste. Isso significa que as nervuras efetivamente reforçam a abóbada. O fato de algumas abóbadas góticas não caírem depois de suas nervuras terem sido vitimadas por fogo de artilharia na I Guerra Mundial, não quer dizer que teriam resistido da mesma forma se as nervuras tivessem sido tiradas depois de sete semanas, e não depois

---

Tomo I, Leipzig 1925. Bibliografia adicional sobre a controvérsia em torno de Pol Abraham in: G. Kubler, A Late Gothic Computation of Rib Vault Thrusts, *Gazette des Beaux-Arts*, 6.ª série XXVI, 1944, p. 135 ss; convém acrescentar ainda: Pol Abraham, Archéologie et résistance des matériaux, *La Construction Moderne*, L, 1934-35, p. 788 ss (devo a indicação desse artigo ao prof. M. Schapiro).

36. *Abbot Suger on the Abbey Church of Saint-Denis and Its Art Treasures*, editado por E. Panofsky, Princeton 1946 [editado por G. Panofsky-Soergel, Princeton² 1979], p. 108, 8; sobre a correção de *veluti* para *voluti* veja-se E. Panofsky, *Art Bulletin*, XXIX, 1947, p. 119.

37. Veja-se G. Kubler, op. cit. nota 35.

de sete séculos: alvenaria antiga mantém-se intacta muitas vezes apenas por força da coesão, tanto que soe acontecer de seções inteiras de paredes ficarem de pé na posição original depois da perda de seus suportes.[38]

Contrafortes e arcobotantes opõem-se às forças de empuxo que ameaçam a estabilidade de qualquer abóbada.[39] O fato de que os mestres-construtores do gótico tinham disso plena consciência — exceção feita àqueles obstinados ignorantes de Milão, que proclamaram, impávidos, que ''abóbadas de arcos ogivais não exercem nenhuma pressão sobre os contra-fortes'' — fica claro em várias passagens de textos e, principalmente, a partir de seu vocabulário profissional — como, por exemplo, *contrefort, bouterec* (daí o inglês *buttress*), *arc-boutant*, ou o conceito alemão *Strebe* (donde, curiosamente, se origina o termo espanhol *estribo*), pois todos esses termos estão relacionados com as forças de empuxo ou contra-empuxo.[40] A fileira superior

---

38. Veja-se E Burnet, La restauration de la Cathédrale de Soissons, *Bulletin Monumental*, LXXXVII, 1928, p. 65 ss.

39. Comp. H. Masson, Le rationalisme dans l'architecture du Moyeb-Age, *Bulletin Monumental*, XCIV, 1935, pág. 29 ss.

40. Veja-se, por exemplo, o ensaio convincentemente interpretado por Kubler (op. cit. nota 35), ou as vívidas e justificadas objeções do perito francês Mignot contra a incrível teoria de seus colegas milaneses, que sustentavam a opinião de que ''*archi spiguti non dant impulzam contrafortibus*'' veja-se (J. S. Ackerman, 'Ars Sine Scientia Nihil Est'. Gothic Theory of Architecture at the Cathedral of Milan, *Art Bulletin*, XXXI, 1949, p. 84 ss). Os textos de Milão (reproduzidos em Ackerman, loc. cit., p. 108 ss) demonstram que os termos *contrefort* e *arc-boutant* (*archi butanti*) haviam sido absorvidos também pela língua latina e pela italiana ao final do século XIV, sendo que ambos já eram empregados em sentido figurado nos séculos XV e XVI (*Dictionnaire historique de la langue française publié par l'Academie Française*, Tomo III, Paris 1888, p. 575 ss; E. Littré, *Dictionnaire de la langue française*, Tomo I, Paris 1863, p. 185; La Curne de la Palaye, *Dictionnaire historique de l'ancienne langue française*, Tomo IV, Paris, Niort 1877, p. 227). O termo *bouterec* (F. Godefroy, *Lexique de l'ancien Français*, Paris 1901, p. 6 +) já deve ter sido usado antes de 1388, época em que *buttress* aparece no inglês, e *estribo* é regularmente empregado no ensaio interpretado por Kubler (op. cit. nota 35).

de arcobotantes, que se construiu em Chartres *a posteriori*, ao passo que em Reims e na maioria das grandes igrejas posteriores já havia sido planejada desde o início, pode muito bem ter sido prevista para fornecer apoio aos telhados mais íngremes e de maior incidência de carga e, possivelmente, também para aparar a pressão do vento sobre os telhados.[41] Mesmo o rendilhado possui certo valor prático, já que facilita a colocação das janelas, ao mesmo tempo que protege o vidro.

Por outro lado, não é menos verdade que as primeiras nervuras autênticas surgiram em conexão com abóbadas de arcos cruzados de grandes proporções, onde puderam ser construídas "livremente", de modo que nem tornaram disponível o cimbre de armação da abóbada nem exerceram posteriormente uma função estática.[42] Também é correto que os arcobotantes de Chartres, não obstante seu significado funcional, eram esteticamente tão encantadores que o criador do alto-relevo de Maria, na nave norte do transepto da catedral de Reims, os reproduziu em miniatura na edícula de Madona (Figuras 14 e 15). O admirável arquiteto de Saint-Ouen, em Ruão, cujo esboço chega muito perto das exi-

---

41. Como essa fileira de arcobotantes superiores não tem nenhuma importância para a estabilidade das abóbadas, sua construção chegou mesmo a ser chamada de "medida preventiva" (J. Gaudet, *Eléments de théorie d'architecture*, Tomo III, Paris s.d., p. 188). A explicação de que esses arcobotantes teriam a função de aparar a pressão do vento sobre as abóbadas provém de K. J. Conant, Observations on the Vaulting Problems of the Period 1088-1211, *Gazette des Beaux-Arts*, 6.ª série, XXVI, 1944, p. 127 s.

42. Veja-se E. Gall, op. cit. nota 35, especialmente *Die gotische Baukunst*, p. 31 ss.

gências modernas de eficiência estática[43], não precisou da fileira superior de arcobotantes. E certamente também não houve a menor necessidade prática de desenvolver o sistema de arcobotantes em direção a um conjunto filigranado de colunelos, edículas, pináculos e rendilhados (Figuras 18 e 19). A maior de todas as janelas coloridas, a janela ocidental de Chartres, sobreviveu sem caixilheira durante sete séculos, sendo desnecessário mencionar que o rendilhado cego, anteposto a paredes, não possui função técnica alguma.

Toda essa discussão, todavia; passa ao largo da verdadeira questão. Para a arquitetura dos séculos XII e XII, as alternativas "tudo é funcional" *versus* "tudo é ilusionismo" carecem de sentido, tanto quanto careceriam de sentido para a filosofia da época alternativas como "tudo é busca da verdade" *versus* "tudo é mero jogo intelectual e retórica". As nervuras em Caen e Durham, que ainda não eram *singulariter voluti*, diziam uma coisa antes mesmo de poderem realizá-la. Os arcobotantes em Caen e Durham, que ainda se encontram encobertos pelos telhados das naves laterais (Figura 17), faziam uma coisa antes mesmo de lhes ser permitido dizê-la. Ao final, os arcobotantes aprenderam a falar e as nervuras a fazer, e ambos aprenderam a manter claramente o que faziam, e isso numa linguagem mais minuciosa, direta e enfeitada do que o exigia a mera utilidade prática. Isso vale também para a configuração dos pilares e da caixilharia.

Não se trata nem de "racionalismo", no sentido puramente funcionalista, nem de "ilusão", no sentido da moderna estética da arte pela arte. Trata-se de uma coi-

---

43. Veja-se J. Gaudet, op. cit. nota 41, p. 200 ss, figura 1076.

sa que poderíamos chamar de "lógica visual", explicado por Tomás de Aquino como *nam et sensus ratio quaedam est*. Quem quer que estivesse impregnado do espírito escolástico, encarava a configuração arquitetônica, assim como a literatura, do ponto de vista da *manifestatio*. Considerava perfeitamente natural que o objetivo principal dos muitos componentes de uma catedral fosse a garantia da estabilidade, assim como considerava dado que os muitos componentes de uma *Summa* visassem sobretudo garantir sua força probatória.

Mas o observador não se daria por satisfeito se a estruturação do edifício não lhe tivesse permitido retraçar o processo de composição arquitetônica, do mesmo modo como a estruturação da *Summa* lhe permitia retraçar com precisão o processo de pensamento. Para ele, a ornamentação faustosa de colunas adossadas, nervuras e arcobotantes, rendilhados, pináculos e florões, eram a auto-análise e a auto-representação da arquitetura, assim como o notório sistema de *partes, distinctiones, quaestiones* e *articuli* significavam auto-análise e auto-representação da razão. Enquanto o humanista exigia um "máximo" de harmonia (um estilo literário impecável e as proporções irrepreensíveis cuja falta Vasari tão insistentemente reclamou em relação à arquitetura gótica[44]), o escolástico aspirava a um máximo de expres-

---

44. G. Vasari, *Le Vite dei più eccellenti pittori, scultori e architetti*, 2.ª parte, Proemi: "*Perchè nelle colonne non osservarono* (referindo-se aos construtores góticos) *quella misura e proporzione che richiedeva l'arte, ma a la mescolata con una loro regola senza regola faccendole grosse o sottili sottili, come tornava lor meglio.*" Com sua observação de que o dimensionamento dos elementos construtivos nas edificações góticas não dependia de considerações antropomórficas e de que suas proporções podem ser muito diferentes numa mesma obra, Vasari, cu-

sividade. Aceitava e exigia uma clarificação por meio da forma que excedia o necessário, e uma clarificação igualmente excessiva da idéia por meio da linguagem.

V

Para atingir sua fase "clássica", o estilo gótico não necessitou senão de cem anos, que vão desde a Saint-Denis de Suger até a Saint-Denis de Pierre de Montereau. Seria de esperar que tal desenvolvimento rápido e excepcionalmente concentrado se realizasse segundo um trajeto excepcionalmente retilínio e conseqüente. Não foi o que se verificou. O desenvolvimento, embora logicamente conseqüente, não foi retílineo. Se o observarmos desde seus primórdios até suas "soluções definitivas", teremos, ao contrário, a impressão de que seguiu uma espécie de ritual de saltos, com dois pulos para frente e um para trás, como se os construtores colocassem deliberadamente obstáculos em seu próprio caminho. Tal fenômeno pode ser observado não só em circunstâncias financeiras ou geográficas desfavoráveis que, via de regra, provocariam, por assim dizer, um retrocesso pela falta, também em construções da maior importância.

A solução "definitiva" ao nível da planta baixa foi encontrada, como bem recordamos, na basílica com conjunto longi-

---

ja rejeição só fez por aumentar sua argúcia, descobriu um princípio fundamental que distingue o gótico tanto da arquitetura clássica antiga como da arquitetura renascentista e barroca. Veja-se C. Neumann, Die Wahl des Platzes für Michelangelos David in Florenz im Jahr 1504. Com relação à história do problema da escala, *Repertorium für Kunstwissenschaft*, XXXVIII, 1916, p. 1 ss. Idem, E. Panofsky, Das erste Blatt aus dem 'Libro' Giorgio Vasaris. Eine Studie über die Beurteilung der Gotik in der italienischen Renaissance, *Städel-Jahrbuch*, VI, 1929, p. 4 ss, especialmente p. 42 ss [reproduzido in: E. P., Sinn und Deutung in der bildenden Kunst, Colônia 1978, p. 192-273].

tudinal de três naves. O transepto era igualmente tripartido e projetava-se claramente para além do alinhamento das paredes do conjunto longitudinal, embora praticamente se dissolvesse no antecoro de cinco naves. A isso juntava-se o coro disposto de forma concêntrica, com o deambulatório e a franja de capelas radiais, além de apenas duas torres no lado frontal (Figuras 11 e 22). À primeira vista poder-se-ia considerar natural que houvesse um desenvolvimento retilíneo a começar por Saint-Germer e Saint-Lucien-de-Beauvais, que já antecipam quase todas essas características no início do século XII. Em vez disso, assistimos a uma luta dramática entre duas soluções antagônicas, que aparentemente se distanciam ambas da solução definitiva. A Saint-Denis de Suger e a catedral de Sens (Figura 12) são construções longitudinais rigorosas com apenas duas torres no lado frontal e um transepto atrofiado ou completamente ausente. Essa planta baixa foi adotada na Notre-Dame em Paris e em Nantes e mantida na catedral de Bourges, pertencente ao apogeu gótico.[45] Como que protestando contra essa forma construtiva, os construtores de Laon (Figuras 13 e 20) — que possivelmente também ficaram fascinados pela localização única de sua igreja, no topo de uma colina — retornaram à forma alemã de um grupo construtivo dividido em muitas partes, com um transepto protuberante de três naves e muitas torres (cujo modelo é a catedral de Tournai). É apenas depois da construção de mais duas catedrais que ocorre novamente um afas-

---

45. Veja-se S. Mck. Crosby, op. cit. nota 17; sobre Bourges, veja-se nota 17.

tamento das torres adicionais sobre o transepto e sobre o quadrilátero central. Em Chartres planejava-se nada menos do que nove torres, e Reims devia receber sete, como Laon. Foi somente em Amiens que se retornou à disposição inicial, de apenas duas torres frontais.

De maneira comparável, faziam parte da solução "definitiva" da planta baixa para a nave central (Figuras 25 a 28) uma seqüência de abóbadas de mesmo tipo, retangulares, quadripartidas, e pilares estruturados uniformemente. O alçado das paredes da nave central devia ser dividido em três andares, a saber, arcadas, trifório e clerestório. Também aqui a solução poderia ter sido encontrada com facilidade se tivesse dado seqüência lógica a modelos do início do século XII, como Saint-Etienne-de-Beauvais ou Lessay, na Normandia (Figura 23). Em vez disso, optou-se em todas as grandes igrejas anteriores a Soissons e Chartres pela abóbada hexapartida sobre pilares cilíndricos (Figura 24), ou mesmo se retornou ao sistema antiquado de pilares alternados. O alçado das paredes de sua nave central apresenta galerias, que passam a ser combinadas, em todas as construções de igrejas importantes depois de Noyon, com um trifório (ou, como no caso de Paris, com elemento construtivo equivalente), do que resultou um alçado de quatro andares (Figura 24).[46]

A *posteriori* é fácil reconhecer que aquilo que parece um desvio arbitrário no caminho reto é na verdade um

---

46. Até há não muito tempo acreditava-se que o alçado da parede em quatro andares teria aparecido pela primeira vez em Tournai (1100). Tewkesbury (fundada em 1807) e Pershore (fundada entre 1090 e 1100) são todavia um pouco mais antigas, ainda que muito mais primitivas; formam outro exemplo das relações estreitas entre Flandres e Inglaterra; veja-se J. Bony, Tewkesbury et Pershore, deux élévations à quatre étages de la fin du XIe siècle, *Bulletin Monumental*, 1937, p. 281 ss, 503 ss.

pressuposto indispensável para a solução "definitiva". Caso não se tivesse adotado o conjunto de múltiplas torres em Laon, não se teria encontrado um equilíbrio entre edificação longitudinal e central, nem tampouco teria havido a uniformização do coro plenamente desenvolvido e do transepto de três naves também plenamente desenvolvido. Sem a adoção da abóbada hexapartida e do alçado de parede de quatro andares, teria sido impossível conciliar o ideal do escalonamento uniforme de oeste a leste com os ideais de transparência e verticalidade. A solução "definitiva" foi encontrada nos dois casos pelo *reconhecimento de possibilidades contraditórias e por sua conciliação*.[47] Topamos aqui com o segundo princípio básico da escolástica. Enquanto o primeiro, a *manifestatio*, nos ajuda a entender a imagem fenomênica da arquitetura clássica do apogeu gótico, o segundo, a *concordantia*, ajuda a compreender a gênese do apogeu gótico clássico.

Tudo o que o homem da Idade Média sabia sobre a revelação divina, e muito do que acreditava em relação a outras questões lhe era transmitido por autoridades (*auctoritates*) amplamente aceitas: em primeira lugar, os livros canônicos da Bíblia, que forneciam "provas essenciais e irrefutáveis" (*proprie et ex necessitate*); em segundo lugar as doutrinas dos santos padres, cujas provas eram "essenciais" porém apenas "prováveis"; e, em tercei-

---

47. O acréscimo de naves laterais suplementares na catedral de Colônia (que, de resto, segue muito nitidamente o plano da catedral de Amiens) significa a subordinação da tarefa principal (nesse caso, o equilíbrio entre edificação central e longitudinal) a outra tarefa menos importante (nesse caso, a adequação entre conjunto longitudinal e coro), fenômeno similar ao que se observa no tratamento dado aos pilares (veja-se p. 52 s).

ro, os "filósofos", cujas idéias eram "não-essenciais" (*extranea*) e, por isso, do mesmo modo apenas prováveis.[48] Entretanto, não se poderia deixar de perceber que as autoridades, assim como partes da própria Bíblia, freqüentemente entavam em contradição. Não havia outra saída senão aceitá-la assim mesmo e reinterpretá-las repetidas vezes. É o que os teólogos fizeram desde o início. Todavia, o problema só foi reconhecido enquanto questão de princípio pelo famoso texto *Sic et Non*, de Abelardo, um tratado que arrola 158 itens importantes nos quais há contradições entre autoridades, inclusive da Bíblia, e que parte da questão fundamental de saber se a fé deve buscar o apoio da razão humana, e vai até problemas específicos como a admissibilidade do suicídio (155) ou do concubinato (124). Semelhante arrolamento e contraposição de afirmações conflitantes de autoridades havia sido praticada por muito tempo por juristas eclesiásticos. A lei, embora de origem divina, havia sido escrita pelo homem. Abelardo demonstrou ter consciência de sua audácia ao desvendar "as diferenças e até contradições" (*ab invicem diversa, verum etiam adversa*) entre as fontes da revelação, pois escreve que "o leitor é tanto mais motivado a ir em busca da verdade quanto maiores forem os louvores à autoridade da Bíblia".[49]

Depois de expor em sua grandiosa introdução os princípios básicos da crítica de texto (referindo-se, inclusive, à possibilidade de erros de grafia até mesmo num Evangelho, como, por exemplo, a atribuição de uma pro-

---

48. S. T, qu. 1, art. 8, ad 2.
49. *Patrologia Latina*, Tomo 178, Kol. 1339 ss.

fecia de Zacarias a Jeremias, em Mateus 27, 9), Abelardo renuncia deliberadamente à apresentação de soluções. Todavia, a elaboração de tais soluções era inevitável, tarefa essa que se foi tornando cada vez mais importante — talvez a mais importantes de todas — no método escolástico. Roger Bacon, que distingue as diferentes origens desse método escolástico com muita perspicácia, atribuiu-as a três componentes: "decomposição em muitas partes, como fazem os dialéticos, consonância rítmica, como é do conhecimento dos gramáticos, e harmonização forçada (*concordiae violentes*), praticada pelos juristas".[50]

Essa técnica, que conjuga o que aparentemente não pode ser unificado e que, devido à adoção da lógica aristotélica, tornou-se uma arte de alto nível, determinava a forma do ensino acadêmico, o ritual das *disputationes de quolibet*, já mencionadas aqui, e, acima de tudo, a demonstração probatória nos próprios tratados escolásticos. Cada item (por exemplo, o conteúdo de cada *articulus* na *Summa Theologiae*) tinha de ser formulado como *quaestio*, e sua discussão iniciava-se pelo arrolamento de um conjunto de autoridades (*videtur quod...*), ao qual se contrapunha outro rol (*sed contra ...*). Seguia-se então a solução (*respondeo dicendum ...*) e, por fim, uma crítica

---

50. Roger Bacon, *Opus minus*, assim citado em H. Felder, *Geschichte der wissenschaftlichen Studien im Franziskanerorden*, Freiburg 1904, p. 515: "*Quae fiunt in textu principaliter legendo et praedicando, sunt tria principaliter; scilicet, divisiones per membra varia, sicut artistae faciunt, concordantiae violentes, sicut legistae utuntur, et consonantiae rhytmicae, sicut grammatici.*" Sobre a antecipação do método *Sic-et-Non* por parte dos jurisconsultos eclesiásticos (Ivo de Charles, Bernold de Konstanz) veja-se M. Grabmann, *Die Geschichte der scholastischen Methode*, Tomo I, Freiburg 1909, p. 234 ss; I e II passim.

dos argumentos descartados (*ad primum, ad secundum*, etc.), sendo que a recusa se referia apenas à interpretação, e não à legitimidade das autoridades citadas.

É desnecessário chamar a atenção para o fato de que esse princípio teria forçosamente de conduzir à formação de um árbitro mental não menos decisivo e abrangente do que o princípio da clarificação incondicional. Os escolásticos dos séculos XII e XIII se relacionavam entre si de maneira belicosa, mas aceitavam unanimemente as autoridades e consideravam sua própria capacidade de compreensão e avaliação das fontes mais importante do que a originalidade de suas idéias. Já Guilherme de Ockham, cujo nominalismo acabaria por cortar os laços entre razão e fé, e que escreveu: ''Pouco me importa o que Aristóteles tenha pensado a respeito''[51], faz-nos sentir o sopor matinal de uma nova era ao contestar, numa digressão, a influência de seu precursor mais importante, Petrus Aureolus.[52]

Postura semelhante à dos escolastas do apogeu apresentam também os mestres-construtores das catedrais do apogeu gótico. Para esses arquitetos, as construções do passado eram dotadas de uma *auctoritas* comparável àquela que os santos padres tinham com relação aos escolastas. No caso de dois motivos aparentemente contradi-

---

51. Guilherme de Ockham, *Quodlibeta*, I, qu. 10, assim citado em Ueberweg, op. cit. nota 14, p. 581: ''*Quidquid de hoc senserit Aristoteles, non curo, quia ubique dubitative videtur loqui*''.

52. Guilherme de Ockham, *In I sent.*, dist. 27, qu. 3, assim citado em Ueberweg, op. cit. nota 14, p. 574 s: ''*Pauca vidi de dictus illius doctoris. Si enim omnes vices, quibus respexi dicta sua, simul congregarentur, non complerent spatium unius diei naturalis ... quam materiam tractavi, et fere omnes alias in primo libro, antequam vidi opinionem hic recitatam.*''

tórios, ambos sancionados por autoridades, não se podia simplesmente descartar um em bebefício do outro. Tinham de ser elaborados até limites extremos, para, ao final, serem novamente conciliados, da mesma forma como era necessário conciliar um pronunciamento de Santo Agostinho com outro de Santo Ambrósio. A meu ver, tal fenômeno é, até certo ponto, responsável pelo desenvolvimento aparentemente errático, porém altamente conseqüente da arquitetura gótica primitiva e do apogeu. Também ela desenvolveu-se segundo o esquema: *videtur quod — sed contra — respondeo dicendum*.

Gostaria de ilustrar isso brevemente com três "problemas" góticos típicos, pode-se dizer até com três *quaestiones*: a rosácea na fachada ocidental, a estrutura da parede debaixo do clerestório e a conformação dos pilares da nave central.

Até onde sabemos, as fachadas ocidentais tinham janelas normais até que Suger se decidisse — quem sabe impressionado pela grandiosa rosácea no transepto norte de Saint-Etienne, em Beauvais — a adotar esse motivo na fachada ocidental de Saint-Denis, de modo a coroar o *Sic* da grande janela com um suntuoso *Non* (Figuras 29 e 30). O dessenvolvimento posterior desse novo elemento foi extremamente difícil.[53] Quando se mantinha o diâmetro da rosácea relativamente pequeno, ou até se o diminuía, como em Senlis, surgia dos dois lados e sob a janela uma sobra de parede "nãogótica" indesejável. Quando a rosácea era dimensio-

---

53. Veja-se H. Kunze, *Das Fassadenproblem der französichen Früh-und Hochgotik*, Diss. Strassburg 1912.

nada em proporções tão grandes que quase ocupava toda a largura da nave central, poderia facilmente conflitar, vista de dentro, com as abóbadas da nave central e requeria, na estrutura externa, uma distância bastante grande entre os bataréus da fachada, ocasionando um estreitamento indesejável do espaço para as portas laterais. Fora isso, a simples idéia de um elemento construtivo único, de formato circular, já contradizia o gosto estético do gótico e, principalmente, seu ideal de que a fachada gótica tinha de espelhar seu interior com nitidez.

Não é de admirar que essa idéia tenha sido simplesmente rejeitada na Normandia e, com poucas exceções, também na Inglaterra, e que ali se passasse a ampliar a janela convencional até fazê-la ocupar o espaço disponível. (Na Itália, significativamente, a rosácea foi recebida com entusiasmo, em virtude de seu caráter fundamentalmente antigótico.[54]) Os arquitetos do reino central e de Champagne, todavia, se sentiram obrigados a adotar um motivo sancionado pela autoridade da Saint-Denis, e chega a ser quase engraçado ver como ficaram embaraçados com isso.

O construtor da Notre-Dame (Figura 31) teve a sorte de contar com um conjunto longitudinal de cinco naves. Corajoso, mas não inteiramente honesto, ignorou tal fato e levantou uma fachada dividida em três partes, cujas laterais eram tão largas em relação à parte central que a solução de todos os problemas ficou fácil. Em Mantes, ao contrário, o construtor teve de manter a distância entre os botaréus

---

54. Na Alemanha, onde a rosácea na fachada ocidental geralmente foi rejeitada (com exceção de Strassburg e sua área de influência, em contraposição a Colônia etc.), adotou-se a combinação de rosácea e janela nas paredes dos conjuntos longitudinais das igrejas-salão, quando estas eram estruturas como fachadas, como no caso de Minden, de Oppenheim e da St. Katharinen em Brandemburgo.

bem mais estreita (tão estreita quanto possível); mas, mesmo assim, o espaço para os portais laterais ficou limitado. O construtor de Laon, que planejara tanto uma rosácea como portais laterais largos, valeu-se de um artifício: entrecortou os botaréus, de tal modo que seus segmentos inferiores, ladeando o portão principal, ficaram mais próximos um do outro que os superiores, ladeando a rosácea. Tal corte é dissimulado pela sacada do portal, que assim cumpre o papel de uma enorme folha de parreira (Figura 32). Finalmente, os mestres de Amiens, que construíram uma nave central excepcionalmente estreita, precisaram de duas galerias (uma com figuras de reis e outra sem) para preencher o espaço entre a rosácea e os portais (Figura 33).

Foi somente por volta de 1240/50 que a corporação de mestres-pedreiros de Reims encontrou a solução "definitiva", em sua obra mais importante, a igreja de Saint-Nicaise (Figuras 34 e 35): a rosácea foi inserida na ponta ogival de uma janela enorme, tornando-se por assim dizer, móvel. Poderia ser deslocada para baixo, para não entrar em conflito com as abóbadas, e o espaço embaixo dela poderia ser preenchido por pinázios e vidro. Considerada como um todo, essa composição refletia o corte transversal da nave central e, no entanto, a janela continuava sendo janela e a rosácea, rosácea. O arranjo entre janela e rosácea na Saint-Nicaise não é, como se poderia pensar, uma simples ampliação da janela rendilhada dupla que aparece pela primeira vez na catedral de Reims (Figura 36). Ali o elemento redondo, situado acima dos batentes das janelas, não é uma forma centrífuga, como uma rosa, mas sim centrípeta: não é uma roda cujos raios se projetam para fora a partir do centro, como uma auréola, mas sim um disco cujas extremidades apontam para dentro. Hugues de Libergier jamais teria encontrado sua solução simplesmente ampliando um motivo já existente. Sua solução é a verdadeira unificação de um *videtur quodo* como um *sed contra*.[55]

Quanto à estrutura da parede sob o clerestório (excetuados aqui os casos em que se deixou de construir tal parede em troca de uma galeria verdadeira, de iluminação independente), o românico oferecia, *grosso modo*, duas soluções contraditórias, uma das quais enfatizava a superfície bidimensional e a continuidade horizontal, enquanto a outra salientava a profundidade e a articulação vertical. Ou se dava movimento à parede com uma fileira contínua de pequenos arcos cegos, a intervalos regulares, como se fez na Sainte-Trinité em Caen (Figura 37), na Saint-Martin-de-Boscherville em Le Mans ou nas igrejas do tipo Cluny-Autun, ou se optava pela seqüência de arcos maiores (geralmente dois por vão, entre pilares, subdivididos por colunelos, de modo a criar uma espécie de janela cega), que se abriam para o desvão das capelas laterais, como em Mont Saint Michel, Narthex de Cluny, Sens (Figura 38), etc.

O primeiro trifório verdadeiro, construído em Noyon por volta de 1170 (Figura 39), é uma síntese inicial desses dois modelos: ele combina o alinhamento hori-

---

55. A solução de Libergier aparentemente foi estimulada pelo transepto da catedral de Reims (anterior a 1 241), onde já há grandes rosáceas inseridas nas pontas de arcos ogivais. Ali, no entanto, o conjunto não forma ainda uma "janela". Os vãos acima e abaixo da rosácea ainda não são envidraçados e não há uma conexão vertical entre a rosácea e as molduras das janelas abaixo dela.

zontal com a ênfase na profundidade sombreada. Abandonou-se completamente a articulação da vertical no interior do vão entre pilares, e isso ficaria ainda mais claro quando se começou a configurar as janelas do clerestório com dois contornos. Dessa forma, há no coro da igreja de Saint-Remi, em Reims, e na igreja de Notre-Dame-en-Vaux em Châlons-sur-Marne (Figura 40) uma ou duas (duas na Saint-Remi e uma em Châlons) colunas adossadas saindo do friso inferior do trifório e indo até o clerestório, onde emolduram as janelas; o trifório em si é dividido por elas em dois ou três segmentos. Em Laon (Figura 24), essa solução foi rejeitada, assim como aconteceu, por volta da virada do século, em Chartres (Figura 41) e Soissons.

Nessas primeiras igrejas do apogeu gótico, em que se abandonaram completamente as galerias e se juntaram os dois vãos de janela numa janela rendilhada bipartida, o trifório ainda (ou, melhor dizendo, novamente) consiste em intervalos inteiramente uniformes, separados por colunelos inteiramente uniformes; aí predomina o princípio do alinhamento horizontal, tanto mais quando há frisos pregueados por sobre as colunas adossadas.

Em Reims teve início um movimento contrário a esse severo horizontalismo: ali enfatizou-se, em cada vão entre pilares, o eixo vertical dos trifórios, mediante um colunelo intermediário mais espesso que estabelecia assim correspondência com o pinázio central da janela acima (Figura 43). Isso se deu de forma tão discreta que o observador moderno facilmente deixa de vê-la. Mas os colegas do construtor perceberam a inovação e a consideraram importante: num esboço do alçado interno da catedral de Reims, Villard de Honnecourt exagerou a proporção do colunelo do meio, que na realidade é apenas ligeiramente mais espesso, a tal ponto que forçosamente tinha de ser percebido (Figura 44).[56] O que em Reims fora timidamente insinuado, transformou-se em Amiens em um motivo enfaticamente pronunciado (Figura 42). Aqui dividou-se efetivamente cada segmento entre-pilares do trifório em duas partes, como já havia acontecido em Châlons-sur-Marne e, num estágio anterior de desenvolvimento, em Sens: desdobrado em duas unidades distintas, seu suporte central foi transformado num pilar fasciculado. A coluna adossada principal deste pilar estabelecia ligação com o pinázio central da janela do clerestório acima dela.

Ao proceder assim, todavia, os mestres de Amiens quase eliminam novamente todo o conceito do trifório, pois dividiram cada segmento em duas "janelas cegas" e transformaram a fileira uniforme de colunelos numa seqüência de elementos construtivos distintos, a saber, colunelos e pilares fasciculados. Possivelmente para contrabalançar tal ênfase exagerada nos elementos verticais, diminuíram os intervalos do trifório e os desvincularam do ritmo do clerestório. Cada uma das "janelas-cegas" de um segmento foi subdividida em três partes, ao passo que as duas janelas do clerestório são bipartidas. Além disso, acentuou-se fortemente a horizontal mediante a confirmação do friso inferior como cornija de florões.

Foi Pierre de Montereau quem finalmente proclamou o *respondeo dicendum* definitivo: o trifório de Saint-Denis (Figura 45) é constituído, como os de Soissons e de Char-

---

56. Villard de Honnecourt, *Kritische Gesamtausgabe*, editado por R. R. Hahnloser, Viena 1935, p. 165 ss, prancha 62 [segunda edição, revista e ampliada, Graz 1972].

tres, de um alinhamento contínuo de quatro aberturas de igual tamanho, separadas por elementos construtivos da mesma espécie. Entretanto, trata-se aqui, e nisso Amiens tem sua importância, de um pilar fasciculado, e não mais de colunelos, sendo o do meio um pouco mais espesso que os demais. Todos se dirigem para o alto, até a janela de quatro compartimentos, o do meio com três colunelos adossados que o conectam ao pináBzio principal da janela, os outros, cada um com um colBunelo adossado, conectados aos respctivos pinázios secundários. O trifório de Pierre de Montereau não só é o primeiro a ser envidraçado, como também o primeiro a conseguir conciliar perfeitamente o *Sic* de Chartres e Soissons (ou, se quisermos, da Sainte-Trinité de Caen e da catedral de Autun) com o *Non* de Amiens (ou, se quisermos, de Châlons-sur-Marne e de Sens). Agora, finalmente, era possível levar as portentosas colunas adossadas para além dos frisos, sem medo de interromper a continuidade horizontal do trifório. E com isso chegamos ao último ''problema'', o da configuração dos pilares da nave central.

Até onde tenho conhecimento, os primeiros pilares realmente cantonados encontram-se na catedral de Chartres (iniciada em 1194), onde, todavia, ainda não se compõem de elementos análogos (um núcleo cilíndrico e colunas antepostas cilíndricas), mas consistem, alternadamente, ou em um núcleo cilíndrico com colunas antepostas octogonais ou em colunas antepostas cilíndricas com um núcleo octogonal. Este último motivo parece indicar que o construtor de Chartres tinha conhecimento de um movimento que certamente se originou na região fronteiriça entre a França e os Países Baixos e que deixou suas marcas mais significativas no coro da catedral de Canterbury. Foi aí que Guilherme de Sens, *magister operis* de 1174 a 1178, havia se regalado, de forma quase lúdica, com a invenção de todo tipo de variação sobre um tema que estava na moda e que foi recebido com entusiasmo na Inglaterra, embora na França tenha sido pouco usado, qual seja, o motivo do pilar cujo núcleo, construído de pedras e alvenaria clara, contrastava de modo extremamente pitoresco com as colunas livremente justapostas, monolíticas, de mármore muito escuro.[57] Ele produziu uma espécie de mostruário de pilares alternados em Chartres.

O construtor de Chartres adotou essa idéia, desenvolvendo-a, porém, com outro espírito. Transformou as colunas monolíticas, livremente justapostas, novamente em colunas adossadas, de alvenaria; substituiu o núcleo octogonal em cada segundo par de pilares por um núcleo cilíndrico e, o mais importante, não empregou o pilar cantonado simplesmente como uma variação interessante, mas sim como elemento básico de todo o sistema. Para o primeiro construtor de Reims bastava eliminar a diferença não inteiramente lógica, embora encantadora, entre as formas do núcleo e as colunas antepostas.

Nessa sua forma amadurecida, o pilar cantonado representa uma solução *Sic-et-Non* em si, pois combina os agregados redondos, que antes só eram associados a

---

57. Veja-se J. Bony, French Influences on the Origins of English Gothic Architecture, *Journal of the Warburg and Courtauld Institutes*, XII, 1949, p. 1 ss, especialmente p. 8 ss.

elementos angulares (cantos ou pilares), com um núcleo cilíndrico. Mas, da mesma forma como o tipo mais antigo de trifório tendia a menosprezar a estruturação vertical em benefício de um alinhamento horizontal, o tipo antigo de pilar cantonado tinha mais o caráter de coluna do que de parede. Como uma coluna, ele terminava num capitel, ao passo que no caso dos pilares fasciculados as colunas adossadas projetavam-se até a intesecção com a abóbada. Isso criou problemas que levaram a um desenvolvimento em ziguezague semelhante ao já observado em relação à configuração do trifório.

Uma vez que os capitéis góticos eram proporcionalizados antes em relação ao diâmetro do que à altura dos fustes[58], inicialmente surgiu uma combinação composta de um capitel grande (o do núcleo) e de quatro pequenos (dos fustes antepostos), com apenas metade da altura daquele. O segundo problema, ainda mais importante, era que as três ou até cinco colunas adossadas que se elevavam até as abóbadas ainda tinham de reiniciar seu curso acima dos capitéis, como já acontecia no caso dos pilares cilíndricos; foi inevitável que se estabelecesse uma conexão visível ao menos entre a antiga coluna adossada à parede e o fuste anteposto ao pilar voltado para a nave central (e não aqueles voltados para

---

58. Veja-se, por exemplo, A. Kingsley Porter, *Medieval Architecture*, Tomo II, New Haven, 1912, p. 272. Em alguns casos, como Saint-Martin-de-Boscherville ou Saint-Etienne-de-Caen (galerias), tal princípio já havia sido empregado em construção românicas. Parece, todavia, que só se tornou "padrão" depois de Sens, onde três diâmetros distintos eram "reproduzidos" port três capitéis de tamanhos diferentes. Tendia-se, porém, a desprezar pequenas diferenças nos diâmetros para manter a uniformidade entre diversos capitéis vizinhos.

a nave lateral e para o pilar vizinho). O construtor de Chartres tentou conseguir tal efeito pela eliminação do capitel do já referido fuste anteposto, de modo que ele passa a estender-se sem interrupção até a base da coluna adossada principal (Figuras 49 e 53). Em vez de prosseguir nessa direção, os construtores de Reims retornaram a uma forma mais antiga[59], mantendo o capitel nesse fuste anteposto e concentrando-se em outro problema, a saber, a altura desigual dos capitéis. Solucionaram-no, dotando cada fuste anteposto de dois capitéis sobrepostos, cuja altura combinada corresponde à altura do capitel do núcleo do pilar (Figuras 50 e 54).[60]

Amiens, ao contrário, retornou novamente ao modelo de Chartres, dando, entretanto, um passo adiante, ao eliminar não só o capitel do fuste anteposto voltado para a nave central, mas também a base da principal coluna adossada à parede, de modo que aquele tem continuidade direta nesta, em vez de chegar até sua base (Figuras 51 e 55). Os pilares mais antigos de Beauvais coincidem, em linhas gerais, com os de Amiens, retomam, porém, elementos estilísticos de época anterior a Amiens, uma vez que novamente dotam a coluna central adossada à parede de uma base. Essa nova interrupção da coerência vertical é ainda mais enfatizada por uma decoração de folhagem a base da coluna adossada à parede.

Contudo, quando o coro de Beauvais foi construído, Pierre de Montereau já havia rompido o nó górdio com seu

---

59. Em Soissons, Saint-deu-d'Esserent e outras encontramos um recuo ainda mais marcante em relação ao tipo Canterbury original: um fuste anteposto, voltado para a nave central, com capitel próprio, que tem apenas metade da altura do capitel do pilar.

60. Isso se aplica também aos capitéis dos fustes antepostos principais e secundários dos portais ocidentais, que desse modo contrastam acentuadamente dos de Amiens.

destemido retorno ao pilar fasciculado. Com isso resolveu todas as dificuldades, pois aqui não há nem o grande capitel do núcleo do pilar, nem fustes antepostos individuais voltados para a nave central (Figuras 52 e 56). As três colunas adossadas altas, necessárias à sustentação das abóbadas da nave central, podiam elevar-se agora ininterruptas desde sua base no chão até a intersecção da abóbada, transpondo os capitéis das arcadas da nave central (Figura 28). Não obstante, em vez de aderir ao *Sic*, Pierre de Montereau antes associou-se ao *Non*. Tinha inteligência suficiente para subordinar o problema menor do pilar ao maior do conjunto do sistema, preferindo, assim sacrificar o princípio da coluna a ter de desistir da já referida "representação" da parede da nave central por meio do núcleo do pilar (Figura 47). Nesse caso, o *respondeo dicendum* iria ser pronunciado pelo mestre de Colônia, formado na França, que combinou o pilar cantonado cilíndrico de Amiens, dotado de quatro fustes antepostos (Figura 46), com as colunas adossadas altas e contínuas, principais e secundárias, do pilar fascinado de Pierre de Montereau.[61] Nisso desistiu, todavia, da relação lógica entre a parede da nave central e os suportes. Observando-se um diagrama, pode-se notar que

---

61. De modo muito semelhante, há a combinação de uma coluna adossada contínua com o esquema do pilar cantonado, nos pilares mais novos de Beauvais (1284 e posteriores), nos pilares de Seéz (c. 1260) e nos pilares mais novos de Huy (1311 e posteriores). No caso dos dois últimos exemplos, todavia, omitiu-se as colunas adossadas voltadas para as arcadas e as naves laterais, como se a idéia de uma coluna adossada contínua tivesse sido aplicada não o pilar cantonado normal (com quatro fustes antepostos), mas ao pilar de Soissons (com apenas um fuste anteposto). Veja-se nota 31.

o transcurso da parede da nave central volta a seccionar a planta baixa do núcleo do pilar, em vez de com ela coincidir (Figura 48).

Diante de todas essas considerações, o leitor interessado poderá sentir-se como o doutor Watson diante das teorias filogenéticas de Sherlock Holmes: "Isso é realmente curioso." Poderia objetar que o desenvolvimento aqui esboçado não leva a nada diferente do que uma evolução natural segundo o modelo hegeliano de "tese, antítese e síntese", esquema a que podem corresponder, além do desenvolvimento do gótico em sua fase primitiva e do apogeu, na França central, outros processos (por exemplo, o desenvolvimento da pintura florentina no século XV ou mesmo o desenvolvimento de artistas individuais). Todavia, o que distingue o desdobramento da arquitetura gótica francesa de outros fenômenos comparáveis é, em primeiro lugar, sua extraordinária seqüência lógica e, em segundo, o fato de que o princípio do *videtur quod — sed contra — respondeo dicendum* foi empregado, parece, de modo plenamente consciente.

Há um único indício, que, embora bem conhecido, nunca foi antes enfocado desse ponto de vista, e que mostra que pelo menos alguns arquitetos franceses do século XIII pensavam e agiam rigorosamente de acordo com conceitos escolásticos. No "Livro da Corporação dos Mestres-Pedreiros", de Villard de Honnecourt encontra-se o esboço de um conjunto de coro, projetado em comum por ele e outro mestre, Pierre de Corbie, e isso, como explica a inscrição colocada algum tempo depois, *inter se disputando* (Figura 52).[62] Eis que depara-

---

62. Villard de Honnecourt, op. cit. nota 56, p. 69 ss, prancha 29; a inscrição: "*Istud bresbiterium inuenerunt Ulardus de Hunecort et Petrus de Corbeia inter se disputando*" foi acrescentada por um discípulo de Villard, conhecido como "Mestre 2".

mos aqui com dois mestres-construtores do apogeu gótico, que discutem uma *quaestio*, e com um terceiro, que se refere a essa discussão com o conceito especificamente escolástico de *disputare* (em vez de *colloqui, deliberare* ou outro semelhante). E qual é o resultado dessa *disputatio*? Um conjunto de coro que une, por assim dizer, todos os possíveis *Sics* com todos os possíveis *Nons*. Nela se combina um de ambulatório de duas naves com um semicírculo de capelas plenamente desenvolvidas e de profundidade aproximadamente igual. Estas últimas são, alternadamente, de conformação semicircular — segundo o modelo cisterciense — e quadrada. Enquanto as capelas quadradas têm, como de costume, abóbadas separadas, as semicirculares são cobertas — como em Soissons e em edificações aparentadas — por abóbada cuja chave é comum ao vão contíguo do deambulatório externo.[63] Aqui a dialética escolástica desenvolveu o pensamento arquitetônico a um ponto em que ele quase deixa de ser arquitetônico.

---

63. O único caso em que se observa uma semelhança, ainda que superficial, com a alternância, segundo o modelo de Soissons, entre uma capela de abóbada separada e outra de abóbada comum, a partir de uma chave de abóbada, com o vão contíguo da galeria externa do deambulatório, é encontrado em Charles. Aí, porém, tal disposição se deveu à necessidade de aproveitamento das fundações do coro do século XI, com suas três capelas fundas e bem distanciadas. Em Chartres, as capelas comparáveis a Soissons não passam, entretanto, de protuberâncias pouco pronunciadas da galeria externa do deambulatório, de modo que todas as sete chaves de abóbada puderam ser colocadas na mesma linha de circunferência. No caso do plano idealizado de Villard de Honnecourt e Pierre de Corbier, trata-se de unidades plenamente desenvolvidas, cujas chaves de abóbada não se situam no meio, mas sim na beirada do vão contíguo do deambulatório externo.

1 Lápide do mestre-construtor Hugues Libergier (falecido em 1263), na catedral de Reims.

2 Autun, catedral, portal ocidental, c. 1130.

3 Paris, Notre-Dame, portal central da fachada ocidental (amplamente restaurado), c. 1215-1220.

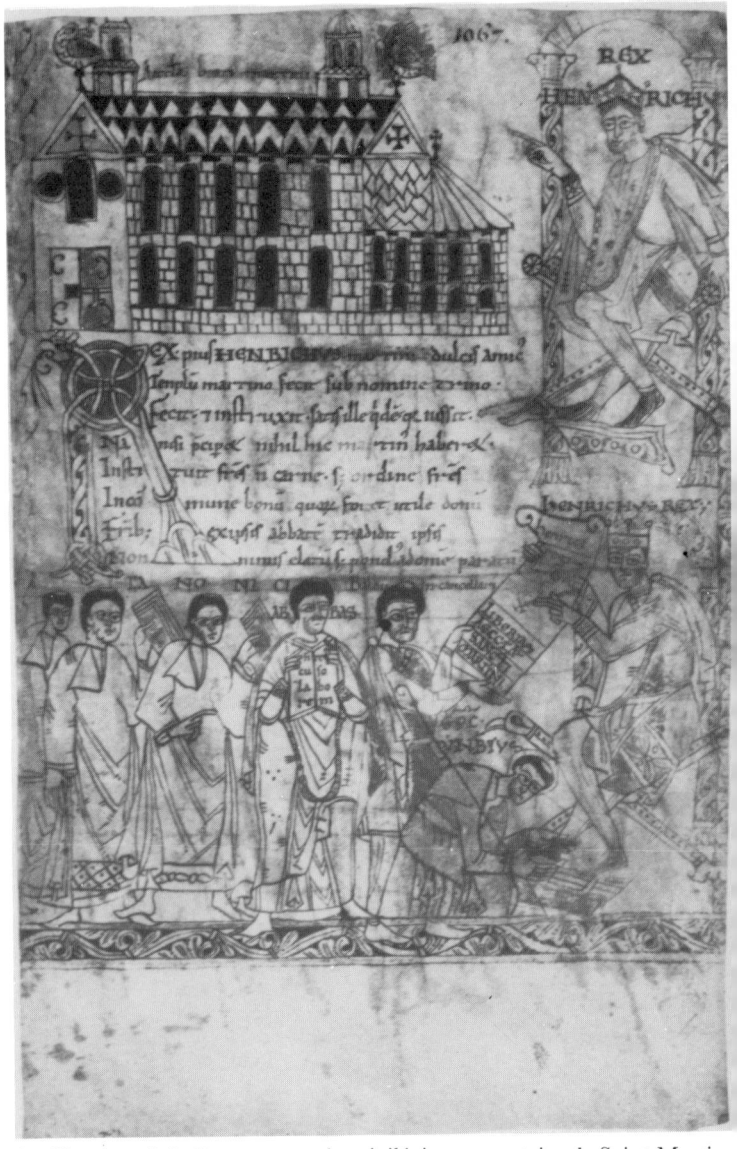

4 Henrique I da França concede privilégios ao mosteiro de Saint-Martin-des-Champs, pintura em livro, entre 1079 e 1096. Londres, Museu Britânico, ms. Add. 11662, fol. 4.

5 Henrique I da França concede privilégios ao mosteiro de Saint-Martin-des-Champs, pintura em livro, c. 1520, Paris, Biblioteca Nacional, ms. Nouv. Acq. lat. 1359, fol. 1.

6   Felipe I da França concede privilégios ao mosteiro de Saint-Martin-des-Champs, pintura em livro, entre 1079 e 1096. Londres, Museu Britânico, ms. Add. 11662, fol. 5v.

7 Felipe I da França concede privilégios ao mosteiro de Saint-Martin-des-Champs, pintura em livro, c. 1250. Paris, Biblioteca Nacional, ms. Nouv. Acq. lat. 1359, fol. 6.

8 Maria Laach, igreja abacial, vista de noroeste, 1093-1156.

9 Pirna (Saxônia), Marienkirche, espaço interno, iniciada em 1502.

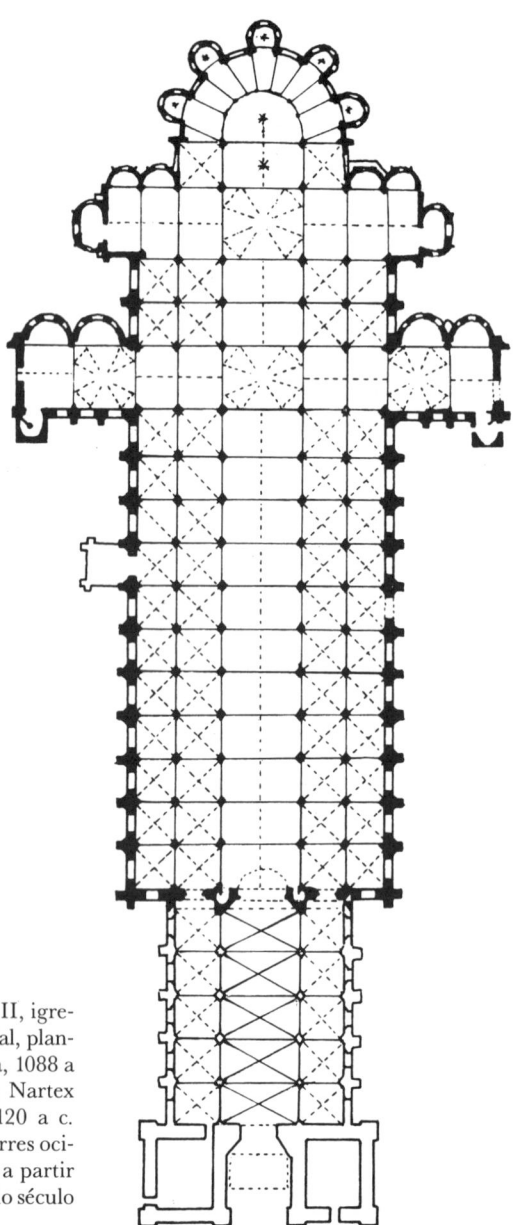

10 Cluny III, igreja abacial, planta baixa, 1088 a c. 1120; Nartex c. de 1120 a c. 1150; torres ocidentais a partir de fim do século XII.

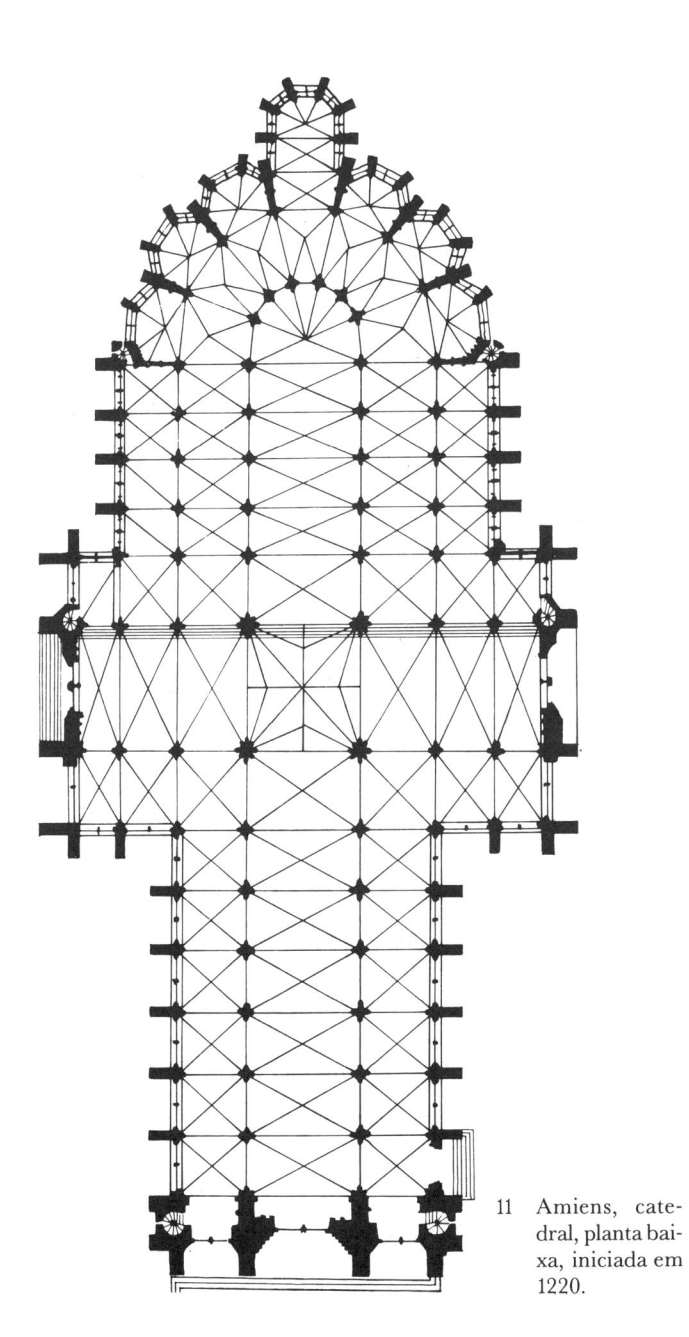

11 Amiens, catedral, planta baixa, iniciada em 1220.

12 Sens, catedral, planta baixa, construção de 1140 a c. 1168.

13 Laon, catedral, planta baixa, iniciada em 1160.

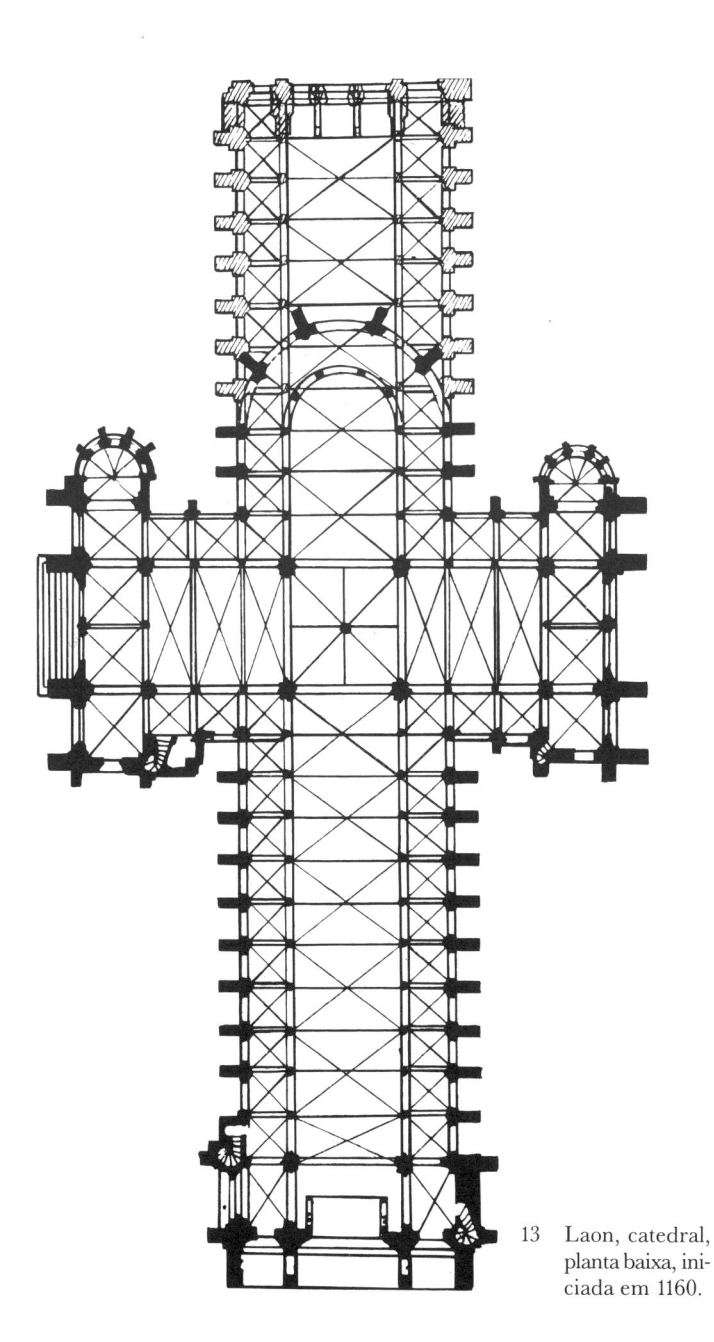

14 Chartres, arcobotante na nave central, planejado pouco depois de 1194.

15 Reims, catedral, Madonna situada no portal direito do transepto norte, c. 1211-1212.

16 Chartres, catedral, fachada ocidental, construída a partir de 1134.

17 Durham, catedral, arcobotantes encobertos, fim do século XI (segundo R. W. Billings, Architectual Illustrations and Description of the Cathedral of Durham, Londres 1843).

18 Reims, catedral, arcobotantes na nave central, planejados c. 1211.

19 Reims, catedral, conjunto contraforte-arcobotantes segundo Villard de Honnecourt, desenho, c. 1235, Paris, Biblioteca Nacional, ms. fr. 19093.

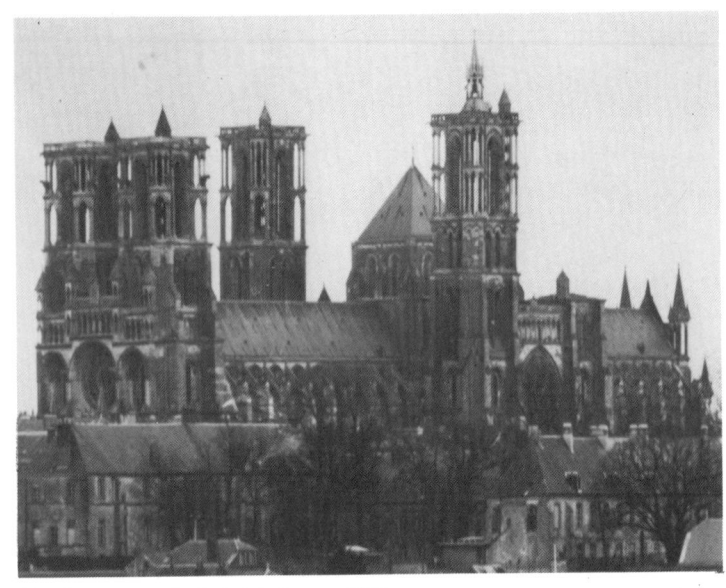

20 Laon, catedral, iniciada em 1160.

21 Amiens, catedral, iniciada em 1220.

22 Reims, catedral, iniciada em 1211.

23 Lessay (Normandia), igreja abacial, nave central, fim do século XI.

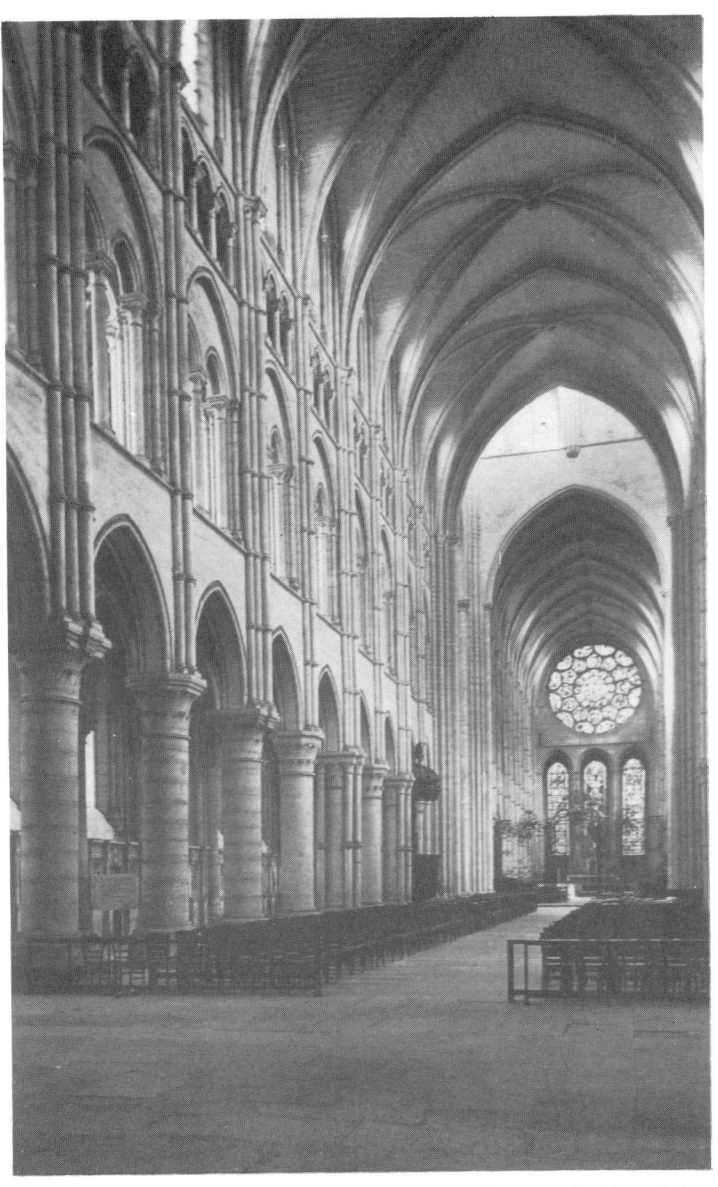

24 Laon, catedral, nave central, iniciada após 1205, segundo planta baixa de c. 1160.

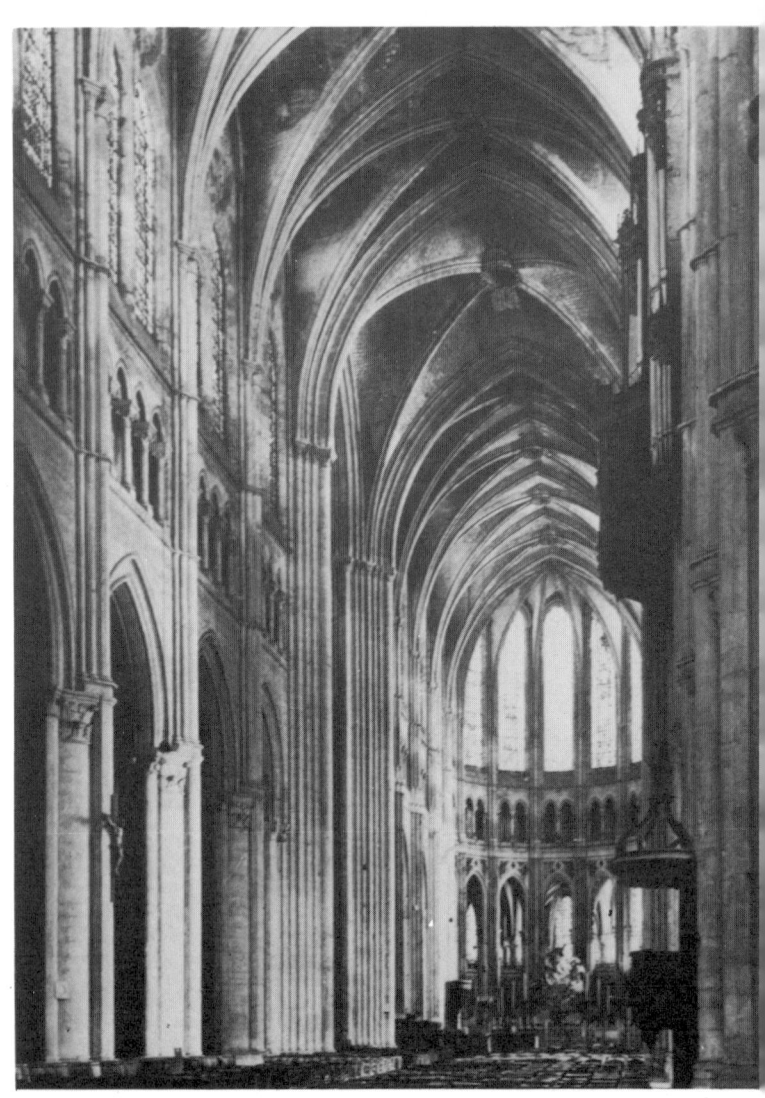

25 Chartres, catedral, nave central, iniciada pouco após 1194.

26 Reims, catedral, nave central, iniciada em 1211.

27 Amiens, catedral, nave central, iniciada em 1220.

28 Saint-Denis, nave central, iniciada em 1231.

29 Saint-Denis, fachada ocidental, consagrada em 1140 (conforme gravura de A. e E. Rouargue antes da restauração entre 1833 e 1837).

30 Saint-Denis, fachada ocidental após queda da torre norte.

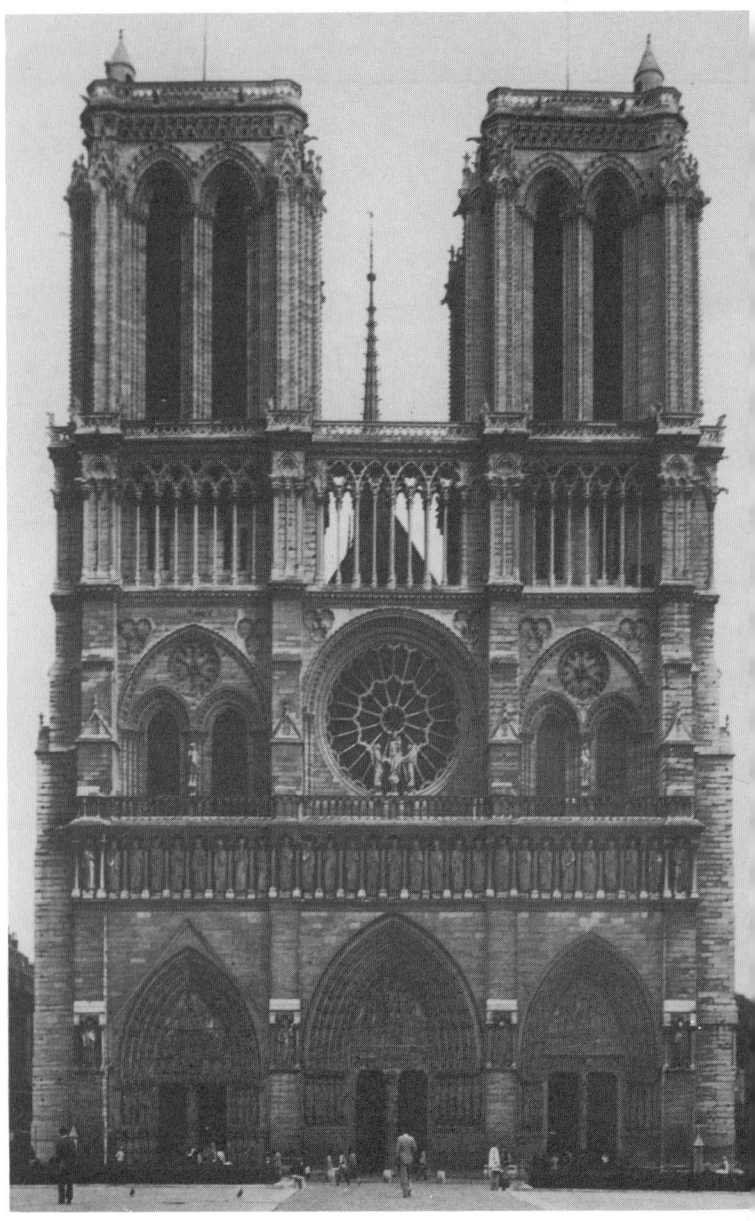

31 Paris, Notre-Dame, fachada ocidental, iniciada pouco depois de 1200, clerestório c. 1220.

2 Laon, catedral, fachada ocidental, projetada c. 1160, iniciada c. 1190

33 Amiens, catedral, fachada ocidental, iniciada em 1220, clerestório concluído em 1236, rendilhado da rosácea c. 1500.

4 Reims, Saint-Nicaise (destruída), fachada ocidental entre c. 1230 e 1263, rosácea renovada c. 1550 (segundo gravura de cobre de N. de Son, de 1625).

35 Reims, Saint-Nicaise, rosácea de janela da fachada ocidental (segundo E. Viollet-le-Duc, Dictionnaire raisonné..., Paris 1858-1868).

36 Reims, catedral, janela da nave central, esboçado c. 1211 (segundo E. Viollet-le-Duc, Dictionnaire raisonné ..., Paris 1858-1868).

37 Caen, Saint-Trinité, parede da nave central, c. 1110.

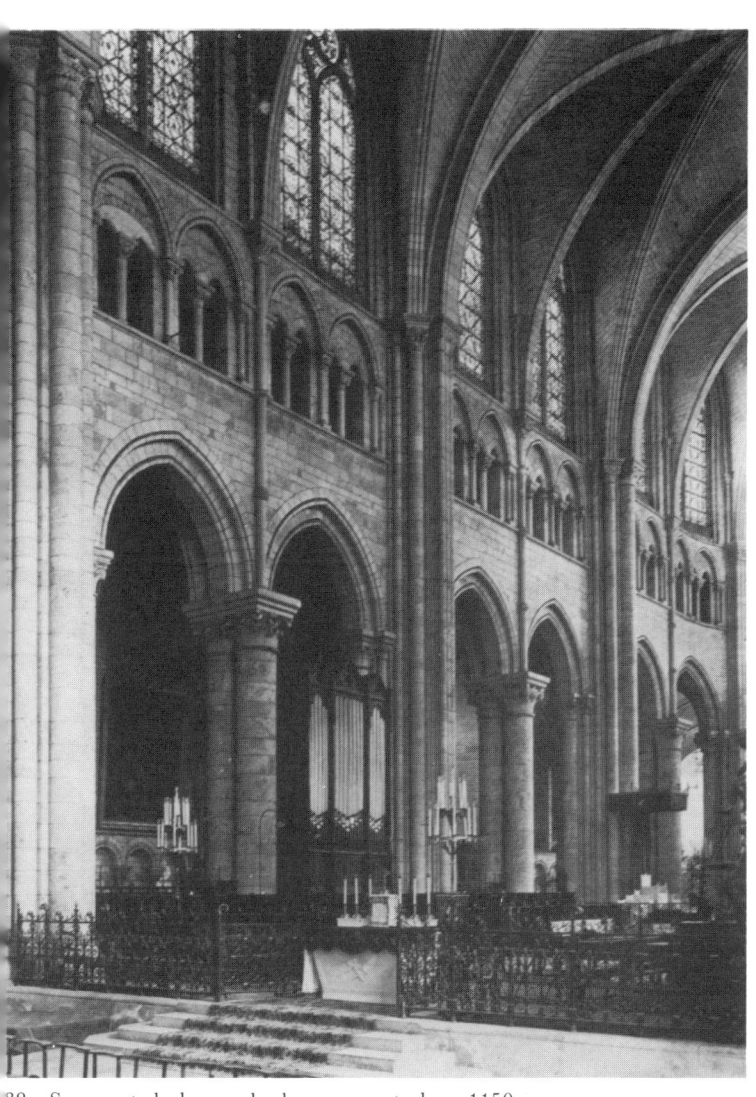

38 Sens, catedral, parede da nave central, c. 1150.

39 Noyon, catedral, parede da nave central, projetada c. 1170, cruzeiro oriental construído entre 1170 e 1185, o resto, mais tarde.

40 Châlons-sur-Marne, Notre-Dame-en-Vaux, parede da nave central, c. 1185.

41 Chartres, catedral, parede da nave central, projetada c. 1194.

42 Amiens, catedral, parede da nave central, projetada c. 1220.

43 Reims, catedral, parede da nave central, projetada c. 1211.

44 Reims, catedral, trifório na nave central, segundo Villard de Honnecourt, desenho, c. 1235 (recorte), Paris, Biblioteca Nacional, ms. fr 19093.

45 Saint-Denis, parede da nave central, projetada c. 1231.

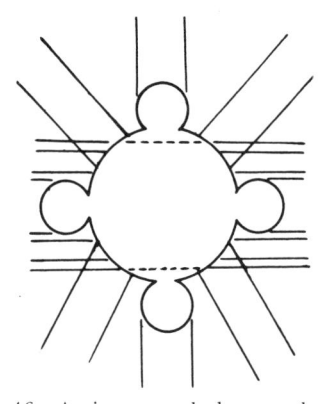

46 Amiens, catedral, corte de um pilar da nave central em relação à parede e às nervuras da abóbada, projetado c. 1220.

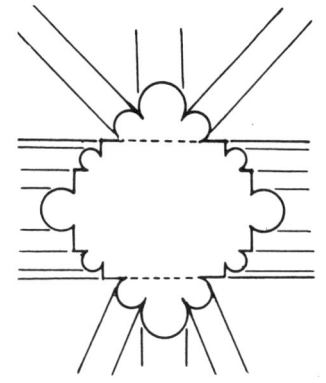

47 Saint-Denis, corte de um pilar da nave central em sua proporção à parede e às nervuras da abóbada, projetado c. 1231.

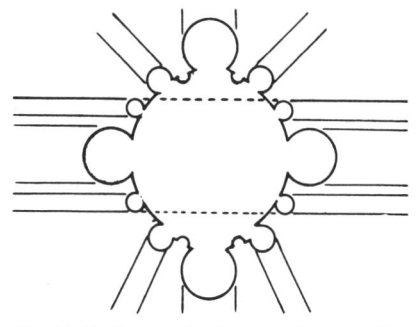

48 Colônia, catedral, corte de um pilar da nave central em relação à parede e às nervuras da abóbada, projetado c. 1248.

49 Chartres, catedral, capitel de um pilar da nave central, projetado c. 1194.

50 Reims, catedral, capitel de um pilar da nave central, projetado c. 1211.

51 Amiens, catedral, capitel de um pilar da nave central, projetado c. 1220.

52 Saint-Denis, capitel de um pilar da nave central, projetado c. 1231.

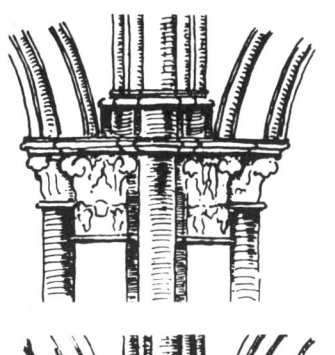

53 Chartres, catedral, capitel de pilar (desenho esquemático).

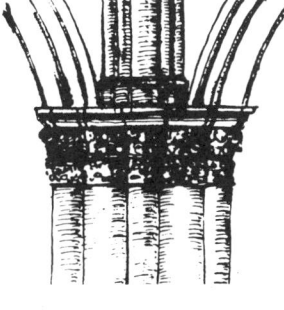

54 Reims, catedral, capitel de pilar (desenho esquemático).

55 Amiens, catedral, capitel de pilar (desenho esquemático).

56 Saint-Denis, capitel de pilar (desenho esquemático).

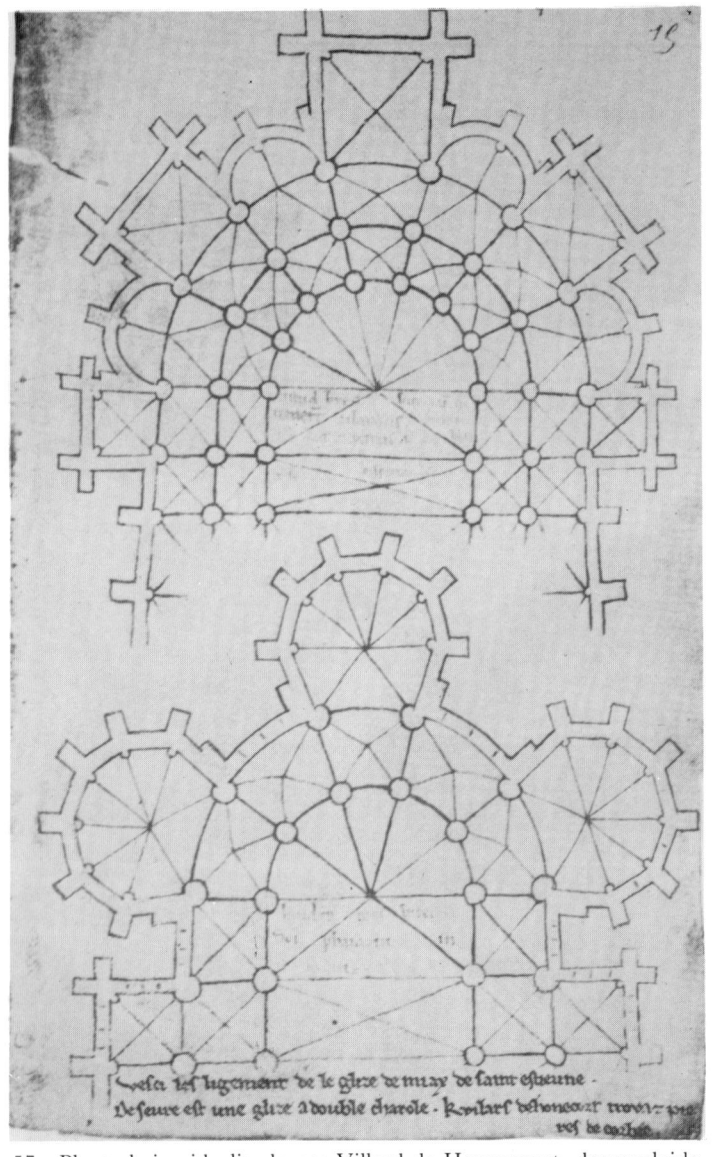

57 Planta baixa idealizada por Villard de Honnecourt, desenvolvido numa discussão com Pierre de Corbie, desenho, c. 1235, Paris, Biblioteca Nacional, ms. fr. 19093.

POSFÁCIO

Ao lado de uma série de publicações, em que apareceram diversas obras de E. Panofsky (1892-1968) e exemplos importantes de resenhas críticas sobre ele, muitos pela primeira vez em língua alemã, apresenta-se agora a tradução de um dos livros problemáticos desse autor. *Gothic Architecture and Scholasticism* foi apresentado em 1948 no contexto das conferências Wimmer (Saint Vincent Archabbey and College, Latrobe, Pennsylvania). Desde sua emigração para os Estados Unidos, em 1933, Panofsky valeu-se com freqüência da conferência, recurso mais cultivado nos países anglo-saxões do que na Europa Central para a apresentação de pesquisas acadêmicas, a fim de levar seus resultados a um público mais amplo. De modo geral, essas conferências passaram, para publicação, por revisões superficiais e foram acrescidas de um conjunto de notas. É esse o caso do presente estudo, publicado sob forma de livro em 1951.

A publicação foi saudada pelo menos por dez resenhas críticas, e desde então não cessou a polêmica em torno das idéias aqui expostas, seja no campo da pesquisa sobre o gótico, seja no campo da discussão metodológica. Essa controvérsia evolui muito mais na esfera da história da arte do que nas pesquisas semióticas ou estruturalistas. Tanto no contexto da semiótica como no do estruturalismo, procedeu-se a uma releitura deste livro de Panofsky (como também de outros de seus textos), pela qual se descobriram coincidências metodológicas e conteudísticas que permitem identificar Panofsky como um dos precursores dessas disciplinas.

A idéia de uma relação entre a arquitetura gótica e a escolástica não é nova na história da arte e tem sido enfatizada com freqüência, inclusive pelo próprio Panofsky. Gottfried Semper já observara, em 1960: "Desse modo, a construção gótica era a transposição lapidar da filosofia escolástica dos séculos XII e XIII." (Semper 1860, p. XIX). Panofsky refere-se com especial admiração às colocações de Morey (Morey 1942, p. 252-66), que parecem ter exercido influência nada desprezível sobre suas idéias. Mas Panofsky foi além de seus precursores, não só pela coerência dos argumentos de sua análise, mas principalmente pela multiplicidade de ângulos sob os quais aborda a questão. Demonstrando evidente prazer em sua argumentação e na fluência de sua exposição, Panofsky dedica-se à tarefa de estabelecer, por meio de uma análise fundametalmente hegeliana (veja-se Gombrich 1969 e 1977), relações entre as manifestações contemporâneas da filosofia e da arquitetura.

Em sua introdução, Panofsky parte do conceito de época (período). Como observou Heidt (1977, p. 350; veja-se Gombrich 1979, p. 199), Panofsky entende época como "unidade significante genuína", e não como "construção histórica". Segundo a concepção panofskiana, a coerência interna de uma época só pode ser demonstrada pelo apresentação de analogias entre diferentes fenômenos culturais. Mas Panofsky não aspira a uma análise global da época gótica; emprega, antes, o conceito no sentido da contemporaneidade de um número bastante limitado de fenômenos. Justificando seu empreendimento, o primeiro argumento de Panofsky é retirado do paralelismo temporal entre arte medieval e filosofia escolástica; um pouco adiante, acrescenta que tanto a arquitetura gótica como a escolástica surgiram numa região que forma um círculo de cento e cinqüenta quilômetros em torno de Paris e atingiram seu apogeu no século XIII.

No início da obra, Panofsky procura corroborar a simultaneidade do desenvolvimento da filosofia e da arquitetura por meio de uma exposição sumária desde a época carolíngia até o gótico tardio (vide crítica a esse paralelismo em Kimpel/Sackale 1985, p. 479), em que enumera analogias para todas as fases, sendo ora bem, ora malsucedido. Assim, por exemplo, a tentativa anacrônia de recorrer a uma interpretação claramente moderna (em vista da terminologia e da forma de abordagem usadas) da teoria da perspectiva do século XV, com vistas à análise do subjetivismo nas artes plásticas do século XIV (p. 15 s), dificilmente resiste a um exame crítico.

A fase inicial e do apogeu da escolástica e do gótico constituem objeto da investigação do segundo capítulo. Nesse período, Panofsky vê uma conexão entre filosofia e arte que ultrapassa o mero paralelismo temporal, a saber, uma relação de causa e efeito (p. 18). Partindo do raciocínio de que a escolástica teria monopolizado a "formação intelectual", Panofsky estabelece a tese de que ela teria cunhado um "hábito mental" (*mental habit*) que influenciava o ensino e as letras e tinha um alcance abrangente, a que tampouco se poderiam furtar os "arquitetos profissionais", dotados de formação intelectual. Ao absorver o hábito mental de sua época, os arquitetos como que se transformaram eles próprios em escolastas.

Num estudo muito ilustrativo sobre os conhecimentos geométricos dos construtores medievais (Shelby 1972), foram apresentados, nesse ínterim, resultados que lançam uma nova luz sobre as colocações de Panofsky. Shelby pôde provar que a matemática pragmática usada pelos arquitetos era independente e claramente distinta do pensamento matemático na tradição erudita. Também a língua ocupava posto hierárquico diferente na formação do arquiteto e na educação escolástica. Na trasmissão de seus conhecimentos, os arquitetos não empregavam livros didáticos no sentido escolástico, nem tampouco souberam valer-se, em seus textos, de formas literárias claramente definidas. "Escreviam da forma como ensinavam, amontoando descrição sobre descrição [...], revelando pouco da preocupação escolástica no sentido de enquadrar esses detalhes em qualquer moldura sistemática" (Shelby 1972, p. 412). Terrenoire (1986, p. 174) chega a resultados semelhantes em sua análise do "Livro da Corporação dos Mestres-Pedreiros", de Villard de Honnecourt. Em suas explicações, Villard geralmente refere-se a imagens; soluções de problemas são apresentadas de forma gráfica e, em seu texto, remete a essas soluções sem tentar substituir as imagens por conceitos verbais ou estabelecer um ordenamento sistemático.

A partir de tais observações impõe-se novamente a questão de saber se, e de que modo, é possível provar a influência dos hábitos mentais da erudição escolástica na arquitetura da época. Cabe observar, de início, que Panofsky apresentou muito poucos exemplos diretamente da fonte que confirmassem sua tese de que os arquitetos do góticos pensavam e agiam de modo escolástico. O exemplo mais relevante em sua argumentação é apresentado nas últimas páginas do livro (p. 61 ss): trata-se da inscrição feita por um discípulo numa planta baixa existente no "Livro da Corporação dos Mestres-Pedreiros", de Villard de Honnecourt, que declara que a planta teria sido desenvolvida por Villard e Pierre de Corbie *inter se disputando*. Panofsky entende esse *disputando* no sentido da disputa escolástica, suposição essa que não ficou sem contestação. A mesma passagem é traduzida por Bucher (Bucher I 1979, p. 98; veja-se Hahnloser 1935, p. 69) como "em discussão conjunta"; o autor sugere também que discussão e consultas faziam parte da vida cotidiana do arquiteto. Inserida na prática do dia-a-dia, a citação perde qualquer conotação inequivocamente escolástica.

Outro documento, o sumário de uma discussão realizada por um grupo de arquitetos reunidos em Milão no ano de 1392, é citado por Panofsky com relação a outra questão (p. 37), mas não é mencionado no presente contexto — certamente porque não se encaixa nos limites topográficos e temporais fixados. Ackerman (1949, p. 92) nota que esse texto "se identifica com uma disputa escolástica tradicional". Entretanto, fica difícil saber se isso se deve à formação — certamente escolástica — de quem escreveu o texto, ou se pode identificar aí uma característica da própria discussão resumida no texto.

Como não existem muitas evidências diretas da conexão entre arquitetura gótica e filosofia escolástica, Panofsky procura demonstrar tal conexão por meio do desvelamento de uma *tertium comparationes*. Nessa argumentação recorre a produções da filosofia e da arquitetura que podem ser classificadas, reciprocamente, de "monumento" ou "documento" (Rechet 1968, p. 323). Por meio da análise chega-se à identificação de monumentos selecionados da literatura escolástica, que cumprem o papel de documentos de um *modus operandi* subjacente. A suposição de que o *modus operandi* escolástico tenha marcado a atividade dos arquitetos medievais, permite trazer à baila traços seletos de um grupo seleto de edificações enquanto documentos dos mesmos hábitos mentais e do mesmo *modus operandi*. Na definição e interpretação dessas *tertium comparationes* não há como evitar uma seleção dentre a multiplicidade de fenômenos; em conseqüência, Panofsky refere-se principalmente à Summa escolástica e à catedral gótica.

Os dois capítulos seguintes são dedicados à discussão do *modus operandi* escolástico. A este subjaz um *modus essendi* resultante da preocupação que caracteriza a escolástica, a saber, a "explicação" (*manifestare*) da coerência dos conteúdos da fé e da razão. Panofsky destaca o esforço pelo clareamento e pela explicitação como o princípio básico do pensamento escolástico, e esse esforço não se refere apenas aos conteúdos em debate, mas também ao pensamento que se ocupa desses conteúdos. *Mutatis mutandis*, tal princípio pode tornar inteligível também a manifestação da arquitetura gótica; no caso das obras de arte, a vontade de explicar expressa-se por meio de uma "lógica visual".

Existe hoje um amplo consenso em história da arte no sentido de que *Arquitetura Gótica e Escolástica* faz parte dos escritos iconológicos de Panofsky (vide opinião contrária em Recht 1968, p. 322-3). A reflexão metodológica é componente essencial da obra de Panofsky, e sua definição de três etapas interpretativas, a saber, a descrição pré-iconográfica, a interpretação iconográfica no sentido mais estrito do termo e a interpretação iconológica, é provavelmente o mais bem-sucedido esboço do século XX de uma metodologia da historiografia da arte. Ainda hoje a controvérsia em torno desse modelo não pode de forma alguma ser dada por encerrada.

Os fundamentos da definição panofskiana de iconologia, desenvolvidos ao longo de uma série de textos que apresentam várias diferenças quanto à terminologia e à condução das idéias (Pankofsky 1932, 1939, 1955; aqui usou-se a versão alemã de Panofsky 1939/1962 na edição de 1980), foram estabelecidos em alguns ensaios dos anos 20. Numa polêmica com o conceito de Rigel de ''vontade artística'', Panofsky desenvolveu a idéia de que a compreensão das obras de arte é possível pelo desvelamento do ''sentido imanente'', o qual ''só pode ser apreendido por conceitos básicos deduzidos *a priori*'' (Panofsky 1920, p. 338-9). Essas idéias tiveram continuidade num ensaio sobre ''conceitos básicos da análise científica da arte'' (Panofsky); o ''sentido imanente'' representa a unidade dos princípios sobre cuja base foi possível encontrar soluções para problemas artísticos'' (crítica a esses pressupostos in Dittmann 1967, p. 109 ss). Encontramos aqui *in nuce* um conceito que iria ser retomado em *Arquitetura Gótica e Escolástica*. Nesse estudo, os ''*conceitos básicos da análise científica da arte*'' não desempenham papel algum; sua função epistemológica é cumprida pelo *modus essendi* da escolástica, que é colocado *a priori* do mesmo modo, mas é inferido apenas *a posteriori*, a partir de produtos culturais reais. Assim como dos ''conceitos básicos'',

Panofsky aparentemente espera do *modus essendi* da escolástica que possa conduzir até o "sentido imanente" da escolástica, que não só imprime sua marca à Summa escolástica, como torna inteligível o desenvolvimento das catedrais góticas.

Para a definição panofskiana de iconologia (Panofsky 1939/1980, esp. p. 39-41), foram úteis textos de Karl Manheim e Ernst Cassirer; ao primeiro, ele deve o esquema interpretativo em três etapas, ao segundo o conceito de "forma simbólica", que permite visualizar o "significado autêntico" de um fenômeno cultural. A iconologia, terceira etapa do modelo panofskiano de interpretação científica da arte, objetiva a identificação desse "significado autêntico" das obras de arte, que expressam "as tendências essenciais e gerais do espírito humano". Tal procedimento exige do historiador da arte a capacidade de "intuição sintética"; esta última possibilita também o enfrentamento da tarefa seguinte, qual seja, comparar o conteúdo desvelado em uma obra individual com o "significado autêntico" de tantos outros documentos culturais quantos seja possível ao pesquisador individual. Quando se fala de formas de arte que não se dedicam à representação de "modelos humanos convencionais", a análise iconológica também pode prescindir de uma explicação iconográfica. Panofsky cita como exemplo as naturezas-mortas, pinturas sobre a vida cotidiana e pinturas de paisagens (Panofsky 1939/1980, p. 35); verifica-se, assim, que também a arquitetura constitui um campo de pesquisa que prescinde do apoio da iconografia.

Panofsky tem consciência de que não existe muita esperança de encontrar, nas fontes, provas inequívocas do "significado autêntico" de produtos culturais. Bourdieu (1967/1986) acolheu com especial ênfase a idéia de que esses "princípios básicos" necessariamente escapam à consciência de quem executa um trabalho. Mas é justamente em função dessa observação que Bourdieu esclarece, a contragosto, que *Arquitetura Gótica e Escolástica* se situa no limite do que Panofsky define como iconologia. Em sua prática de pesquisa, Panofsky algumas vezes transpôs o cerceamento imposto por sua definição teórica. Assim, os ensaios entitulado *Estudos sobre Iconologia* são freqüentemente indistinguíveis de investigações iconográficas. De modo semelhante, também o presente livro não pode ser entendido como uma análise exclusivamente iconológica. O desejo de "esclarecimento" decorrente do *modus essendi* da escolástica pode ser entendido, no contexto da teoria iconológica, como "tendência essencial do espírito humano" (e nesse sentido como objetivo da pesquisa iconológica); não obstante, lhe são dedicadas umas poucas considerações. O que Panofsky tem em mira é principalmente o pensamento consciente dos escolastas, assim como dos arquitetos, que brota de um *modus essendi*.

Em sua busca de "explicação", Panofsky deduz as características da Summa escolástica: "completude, subdivisão segundo um sistema de partes e partes dessas partes, clareza e força probatória", completados pelos conceitos "terminologia sugestiva, *parallelismus membrorum* e rima".

No quarto capítulo, Panofsky expõe de que modo esses conceitos, extraídos de textos escolásticos por meio da análise, podem contribuir para a compreensão das artes. No ponto central de sua argumentação, a transição da discussão lingüística para os fenômenos artísticos, Panofsky situa a idéia de Tomás de Aquino de que a percepção humana representa uma espécie de razão, ainda que se realize apenas no nível dos sentidos. Essa concepção ajuda Panofsky a estabelecer uma ligação entre a busca de esclarecimento e explicitação na prática literária e um esforço análogo, que Panofsky procura caracterizar como fundamento da arquitetura gótica. Summers (1987) demonstrou, em seu magnífico livro, que a idéia do ajuizamento dos sentidos existiu desde a Antigüidade até o século XVI. Também no período escolástico, a afirmação do aquinense não ficou de modo algum isolada. Se levarmos em conta essa tradição, é inevitável a conclusão de que Panofsky deixou de esclarecer até que ponto a exigência de um ordenamento perceptível do objeto visual decorre da suposição do ajuizamento dos sentidos em vigor nos séculos XII e XIII ser mais forte do que em outras épocas. Conseqüentemente permanece aberta a questão de determinar até que ponto essa teoria da percepção sensorial se presta à definição de elementos que sejam específicos do estilo gótico. Entretanto, cabe destacar que essa "razão dos sentidos" encontra comprovação satisfatória no contexto da argumentação panofskiana e que, no período abordado, a percepção sensorial pôde ser pensada e efetivamente o foi em termos de categoria racional ou ordenamento racional. Assim, o esforço pela clareza, entendido como hábito mental, pode ser concebido como elemento de ligação entre o pensamento escolástico, sua apresentação visual na texto escrito (veja-se também Marichal 1963, p. 237-41) e as artes plásticas.

O fato de que a busca de esclarecimento formal caracteriza a arte do apogeu gótico mais fortemente do que os estilos anteriores ou posteriores, é verificado por Panofsky basicamente a partir das próprias obras de arte. Ele recorre a pinturas, conjuntos de esculturas e música para, ao final, concluir que o esforço pela clareza ''celebrou seus maiores triunfos'' na arquitetura das catedrais do apogeu gótico. Isso é comprovado detalhadamente por Panofsky mediante as categorias que extraiu de sua análise da Summa escolástica.

Aos olhos de Panofsky, ''a catedral do apogeu gótico aspirava [em sua evolução] em primeira lugar à 'completude' [não se discutem aqui as intenções de arquitetos de catedrais específicas] e tentava aproximar-se, por meio de síntese e eliminações, de um solução única, completa e definitiva''. Essa afirmação tem implicações profundas. Se se apoiasse no raciocínio exposto em seu ensaio *Über das Verhältnis der Kunstgeschichte zur Kunsttheorie* (Sobre a relação entre história da arte e teoria da arte) (1925, p. 142) — Panofsky certamente teria concordado com a posição de que a evolução e a mudança de um estilo arquitetônico só podem ser inferidos *a posteriori*, a partir de monumentos já construídos (ou projetados). Da mesma forma, o ápice de uma evolução estilística só pode ser apurado mediante critérios de julgamento desenvolvidos a partir da análise crítica de um conjunto de obras de arte existentes. No texto citado, apenas os ''conceitos básicos da análise científica da arte'' possuem outro tipo de *status*: embora não possam ser ''encontrados *a priori*'', ainda assim é possível legitimá-los *a priori*. Em seu livro sobre a arquitetura gótica, Panofsky vai mais além: nele se atribui uma condição apriorística não só ao *modus essendi* escolástico, como também ao desenvolvimento da catedral gótica e à sua culminância numa ''solução definitiva''. Nesse contexto é possível imaginar que uma ''solução definitiva'' seja concebida sem que tenha sido efetivada em qualquer edificação historicamente existente. É o que Panofsky parece pressupor com relação ao caso do pilar fasciculado (p. 59-60 s.); na solução encontrada na catedral de Colônia, apresentada como ponto extremo do desenvolvimento, uma preocupação essencial, subordinada à evolução estilística, permanece em aberto. Essa tentativa — que na época de forma alguma era isolada — de retomar e legitimar o *Zeitgeist* (espírito da época) na acepção hegeliana, certamente não encontrará a aprovação de muitos leitores. Note-se ainda que a suposição de um modelo obrigatório de catedral tem sido questionada de forma muito decidida ultimamente (Reudenbach 1988).

As colocações de Panofsky a respeito da segunda e da terceira proposição do pensamento escolástico, definidas no terceiro capítulo, alinham-se entre as mais belas páginas deste livro (para uma análise crítica dessas idéias, com destaque para a suposição de "soluções definitivas, veja-se Branner 1954). Aqui se recorre, por meio de brilhantes análises quanto ao manejo das formas arquitetônicas de algumas das catedrais do apogeu gótico, à idéia da "estruturação segundo um sistema de partes e partes das partes homólogas", que desemboca numa hierarquia de "níveis lógicos", assim como na "divisibilidade" ou "multiplicabilidade progressiva" e na "dedutibilidade recíproca".

De modo comparável, coloca-se à serviço da caracterização da arquitetura gótica o postulado da "clareza e da capacidade probatória de dedutiva". Demonstra-se aí que o método escolástico provê esquemas de pensamento que permitem trazer à baila e explicar a aparência formal das catedrais góticas e a busca de um ordenamento visualmente perceptível que nelas se manifesta. Desse modo viabiliza-se o desvelamento de traços de estilo que caracterizam especificamente a catedral do apogeu gótico e que permitem distingui-la das soluções arquitetônicas do românico e do gótico tardio. Como interpretação da arquitetura das catedrais do apogeu gótico, essas observações de Panofsky vêm sendo reconhecidas mesmo pela pesquisa mais recente do período gótico (por exemplo Bony 1983, p. 377; Kimpel/Sackale 1985, p. 75).

A parte mais problemática do livro é sem dúvida o quinto capítulo. Aí, a disputa, enquanto *modus operandi* típico da escolástica, é entendida também como base do desenvolvimento das catedrais góticas. A obra individual é colocada numa posição incômoda entre o estilo arquitetônico que evolui, segundo sua própria finalidade, em direção a uma "solução definitiva", e o procedimento escolástico dos arquitetos, postulado pelo autor; as soluções arquitetônicas prévias são entendidas como afirmações ou negações de problemas arquitetônicos específicos, em relação aos quais, na opinião de Panofsky, cada arquiteto de uma nova catedral assume uma posição plenamente consciente.

Em qualquer estudo de história da arte, uma seleção dentre a multiplicidade de fenômenos é inevitável; é evidente, porém, que de tal seleção pode resultar uma escolha estreita e distorcida dos fenômenos apresentados. Panofsky parece não ter escapado a esse perigo em seu último capítulo. Apresenta o método *Sic-et-Non* de Abelardo, que busca o equilíbrio entre autores reconhecidos como autoridades, como a forma característica de disputa de toda a escolástica. Panofsky assimila esse método aos conceitos hegelianos de tese, antítese e síntese, o que não faz jus à multiplicidade de formas de argumentação do apogeu gótico. Uma *quaestio* tanto podia ser respondida pela introdução de novos argumentos como pela qualificação dos argumentos precedentes, além do que era possível pensar na defesa de uma concepção contra outra, ou na tentativa de uma conciliação. A transposição dessa forma de argumentação definida por Panofsky, questionável quanto à sua universalidade, ao desenvolvimento da arquitetura gótica, não é menos problemática.

A arquitetura das catedrais é discutida à parte no final da obra porque Panofsky enxerga nela o ápice da busca de ordenamento visualmente perceptível manifestada no estilo gótico. Mas é só no quinto capítulo que sugere a conclusão de que a catedral gótica se desenvolveu independentemente de todas as outras questões e formas arquitetônicas. Tal suposição dificilmente se sustenta dentro de uma visão atual. Igualmente difícil é retraçar o modo como Panofsky, comprometido antes de mais nada com sua própria reconstrução do desenvolvimento do estilo gótico e com sua fé na finalidade dele, seleciona formas arquitetônicas específicas de catedrais góticas e assume suas características específicas como testemunhos, reunidas por uma disputa escolástica supra-individual (e abrangendo vastos períodos).

Apesar das múltiplas tentativas de demonstrar a ligação entre a escolástica e a arquitetura gótica, o livro de Panofsky é menos ambicioso do que poderia parecer à primeira vista. Panofsky não se preocupa, como já mencionamos no início, com uma caracterização abrangente do período gótico; tampouco reivindica a interpretação exaustiva da arquitetura das catedrais góticas. Em uma passagem (p. 14-15) com freqüência mal interpretada (por exemplo Radnóti 1983, p. 136), Panofsky observa que muitas vezes é difícil isolar um fator, que determina um hábito mental, dentre um conjunto de outros fatores e descobrir suas formas de mediação. Nesse sentido, o período que vai de 1130/40 a 1270, assim como a localização determinada (em torno de Paris) constituiria uma exceção, visto que a escolástica teria monopolizado a formação intelectual (vide acima). Fica evidente que Panofsky não defende aqui a idéia de que bastaria referir este único hábito mental para se chegar a uma análise exaustiva da arquitetura gótica. Nem mesmo a idéia de uma relação entre causa e efeito entre o pensamento escolástico e a arquitetura gótica significa que o livro de Panofsky represente uma tentativa de achar uma causa única.

Panofsky dedica-se ao esclarecimento da manifestação formal da catedral gótica e do manejo mutável das formas arquitetônicas no curso de seu desenvolvimento; procura demonstrar o modo pelo qual os esquemas de pensamento escolásticos influenciaram a evolução do estilo e o manejo das formas. Isso não quer dizer que formas arquitetônicas sejam derivadas de formas de pensamento; a arquitetura não é entendida como uma transposição mecânica de um hábito mental. É esclarecedor; nesse sentido, que Panofsky raramente levante neste livro questões relativas ao surgimento de estilos ou a novas formas arquitetônicas; exceção relevante são as observações a respeito da primeira utilização do pilar cantonado (p. 22-23, 57-59). Sempre que possível, Panofsky remete a modelos ou etapas anteriores das concepções arquitetônicas ou dos elementos específicos. O livro de Panofsky deixa claro que estilo e evolução estilística não resultam da invenção de formas específicas, mas sim do manejo das formas. Apenas este é colocado numa relação causal (mas não única) com o pensamento de orientação escolástica.

Em seu posfácio à edição francesa do livro de Panofsky, Bourdieu apresenta uma interpretação estruturalista das idéias panofskianas. As analogias reveladas entre o gótico e a escolástica são entendidas como "afinadas estruturais", e o "hábito mental" é interpretado no sentido da gramática gerativa de Noam Chomsky (Bourdieu 1967/1986, p. 135, 152; com relação ao conceito de *Habitus* de Bourdieu vide Radnóti 1983, p. 135 ss e Pochat 1983, p. 198-200). Partindo da observação de Panofsky de que na pesquisa iconológica não se pode contar com provas palpáveis, Bourdier defende a concepção de que a iconologia, que busca as estruturas inconscientes, representa a única prova possível para si mesma (Bourdieu 1967/1986, p. 143-5). Em tal contexto, nem se formula a pergunta se as "verdades" encontradas são passíveis de falseamento, nem se indaga até que ponto a seleção dos elementos analisados é adequada; estas são indagações — inclusive as que se referem a análise iconológicas — imprescindíveis à ridícula historiografia da arte de cunho "positivista". Além disso, Bourdieu não se encontra preparado, por suas premissas teóricas, a levar a sério as duas fontes mais importantes que, segundo Panofsky, fornecem evidências para suas teses; tanto a afirmação de Tomás de Aquino a respeito da racionalidade dos sentidos, quanto a disputa atribuída a Villard, comprovam aos olhos de Panofsky uma explicação consciente, pensada, da razão visualmente perceptível. Finalmente, por supor uma identidade entre este livro e a definição panofskiana de iconologia, Bourdieu não vê que *Arquitetura Gótica e Escolástica* não é dedicado — pelo menos não exclusivamente — à demonstração de estruturas inconscientes.

Não visão de Panofsky, os arquitetos do gótico, alertados pela escolástica para a necessidade de um ordenamento sistemático, adaptaram formas de pensamento e modos de agir escolásticos, "plenamente conscientes"; seu livro demonstra que o ordenamento claro e visualmente experienciável da arquitetura das catedrais era para o arquiteto do gótico objeto de raciocínio não menos consciente que para o expoente das ciências do espírito do século XX.

Thomas Frangenberg

Nota do editor

As obras citadas abreviadamente no posfácio constam da bibliografia. As indicações de páginas sem outras anotações referem-se à presente edição de *Arquitetura Gótica e Escolástica*. Nas notas são apresentadas entre colchetes indicações relativas a edições mais recentes dos textos citados, sem a pretensão de serem completas. Diversas ilustrações foram substituídas por imagens mais recentes; para outras não foi possível obter modelos que pudessem ser reproduzidos.

Agradeço aos professores M. Baxandall, J. Gaus e E. H. Gombrich por suas sugestões.

BIBLIOGRAFIA

Ackerman, James S. "Ars sine scientia nihil est". Gothic Theory of Architectura at the Cathedral of Milan, *Art Bulletin* 31, 1949, p. 84-111.
Arrouye, Jean. Archéologie de l'iconologie, in: *Erwin Panofsky. Cachiers pour un temps*, prefácio de Jacques Bonnet, Paris 1983, p. 71-83.
Assunto, Rosário. *La crítica d'arte nel pensiero medioevale*, Milão 1961.
Bätschmann, Oskar. *Einführung in die kunstgeschichtiche Hermeneutic. Die Auslegung von Bildern*, Darmstadt 1986.
Beaujouan, Guy. *L'Interdépendance entre la science scolastique et les techniques utilitaires (XIIe, XIIIe et XIVe siècles)*, Paris 1957.
Bialostocki, Jan. Iconography and Iconology, in: *Encyclopedia of World Art* 7, 1963, colunas 769-85.
_____. Erwin Panofsky (1982-1968): Thinker, Historian, Human Being, *Simiolus* 4, 1970, p. 68-89.
Bober, Harry. [Resenha sobre Panofsky 1951], *Art Bulletin* 35, 1953, p. 310 ss.
Bony, Jean. [Resenha sobre Panofsky 1951], *Burlington Magazine* 95, 1953, p. 111-2.
Bony, Jean. *French Gothic Architecture of the 12th and 13th Centuries*, Berkeley, Los Angeles, Londres 1983.
Bourdieu, Pierre. Postface in: Panofsky, Erwin: *Architecture Gothique et pensée scolastique, précédé le l'abbé Suger de Saint-Denis*, P. Bourdieu trad. (Paris 1967) Paris^2 1986, p. 133-67 (versão modificada na tradução alemã in: Pierre Bourdieu: *Zur Soziologie der symbolischen Formen,* [Frankfurt/M 1974] Frankfurt/M.^{2} 1983, p. 125-58).
Branner, Robert. [Resenha sobre Panofsky 1951], *Journal of the Society of Architectural Historians* 13, 1954, p. 30-1.

_____. A Note on Gothic Architects and Scholars, *Burlington Magazine* 99, 1957, p. 372-5.
Bucher, François. *Architector. The Lodge Books and Sketchbooks of Medieval Architects*, Tomo 1, Nova Iorque 1979.
Cassirer, Ernst: *Philosophie der symbolischen Formen*, 3 Tomos (1. *Die Sprache*, 2. *Das mythische Denken*, 3. *Phänomenologie der Erkenntnis*), Berlim 1923-29 (Darmstadt[8] 1982-87).
Conant, Kenneth John. [Resenha sobre Panofsky 1951], *Speculum* 28, 1953, p. 605-6.
Crockett, Campbell. [Resenha sobre Panofsky 1951], *Journal of Aesthetics and Art Criticism* 11, 1952, p. 80-1.
Crossley, Paul. In Search of an Iconography of Medieval Architecture, in: *Simboliae Historiae Artium. Studia z historii sztuki Lechowi Kalinowskiemu dedykowane*, Varsóvia 1986, p. 55-66.
Crossley, Paul. Medieval Architecture and Meaning: the Limits of Iconography, *Burlington Magazine* 130, 1988, p. 116-21.
Dittmann, Lorenz. *Stil, Symbol, Struktur. Studium zur Kategorien der Kunstgeschichte*, Munique 1967.
Forssman, Erik. Ikonologie und allgemeine Kunstgeschichte, *Zeitschrift für Ästhetik und allgemeine Kunstwissenschaft* 11, 1966, p. 132-9.
Forster, Kurt W. Critical History of Art, or Transfiguration of Valus?, *New Literary History* 3, 3, 1972, p. 459-70.
Francastel, P. [Resenha sobre Panofsky 1951], *Journal de Psychologie normale et pathologique* 52, 1955, p. 435-6.
Frankl, Paul. *Gothic Architecture*, Harmondsworth 1962.
Gall, Ernst. [Resenha sobre Panofsky 1951], *Kunstchronik* 6, 1953, p. 42-9.
Gombrich, E. H. *In Search of Cultural History*, Oxford 1969 (também in: idem: *Ideals and Idols. Essays on Values in History and in Art*, Oxford 1979, p. 24-59).
_____. Hegel und die Kunstgeschichte, *Die Neue Rundschau* 88, 1977, p. 202-19 (tradução inglesa revisada in: idem: *Tributes, Interpreters of Our Cultural Tradition*, Oxford 1984, p. 50-69).
_____. *The Sense of Order. A Study in the Psychology of Decorative Art*, Oxford 1979.
Grodecki, Louis. [Resenha sobre Panofsky 1951], *Diogène* 1, 1952, p. 134-6.
Hahnloser, Hans R. *Villard de Honnecourt. Kritische Gesamtausgabe des Bauhüttenbuches ms. fr 19093 der Pariser Nationalbibliothek*, Viena 1935 (Graz[2]1972).
Hasenmueller, Christine. Panofsky, Iconography and Semiotics, *Journal of Aesthetics and Art Criticism* 36, 3, 1978, p. 289-301.
Hautecoeur, Louis. [Resenha sobre Panofsky 1951], *Gazette des Beaux-Arts* 96, 1954, p. 362.
Heckscher, William S. Erwin Panofsky: A Curriculum Vitae, *Record of the Art Museum, Princeton University*, 28, 1, 1969, p. 5-21.
Heidt, Renate: Bibliographie der Rezensionen zu Schriften Erwin Panofskys, *Wallraf-Richartz-Jahrbuch* 30, 1968, p. 14-8.
_____. *Erwin Panofsky. Kunsttheorie und Einzelwerk*, Colônia, Viena 1977.

Hermerén, Göran. *Representation and Meaning in the Visual Arts. A Study in the Methodology of Iconography and Iconology*, Lund 1969.
Holly Michael Ann. *Panofsky and the Foudations of Art History*, Ithaca, Londres 1984.
Kaemmerling, Ekkehard org. *Ikonographie und Ikonologie. Theorien, Entwicklung, Probleme* (*Bildende Kunst als Zeichensystem*, Tomo 1), Colônia 1979.
Kidson, Peter. Panofsky, Suger and Saint-Denis, *Journal of the Warburg and Courtauld Institutes* 50, 1987, p. 1-17.
Kimpel, Dieter, Robert Suckale. *Die gotische Architektur in Frankreich 1130-1270*, Munique 1985.
Krautheimer, Richard: Postskript 1987, a: Einführung zu einer Ikonografie der mittelalterlichen Architektur, in: idem, *Augewählte Aufsätze zur europäischen Kunstgeschichte*, Colônia 1988, p. 142-7, 191-6.
Lascault, Gilbert. Panofsky: Pour une histoire complexe, in: Erwin Panofsky. Cahiers pour un temps, prefácio de Jacques Bonnet, Paris 1983, p. 185-92.
Maginnis, Alice M. [Resenha sobre Panofsky 1951], *Liturgical Arts. A Quartely devoted to the Arts of the Catholic Church* 20, 1952, p. 67.
Mannheim, Karl. Beiträge zur Theorie der Weltanschauungs-Intepretation, *Jahrbuch für Kunstgeschichte* 1, 1921-22 (Viena 1923), p. 236-74 (também na série *Kunstgeschichtliche Einzeldarstellungen*, Tomo 2, Viena 1923).
Marichal, Robert. L'Ecriture latine et la civilisation occidentale du Ier au XVIe siècle, in: *L'Ecriture et la psychologie des peuples*, XXIIe semaine de synthèse, Paris 1963, p. 199-247.
Molino, Jean. Allégorisme et Iconologie. Sur la méthode de Panofsky, in: *Erwin Panofsky. Chariers pour un temps*, prefácio de Jacques Bonnet, Paris 1983, p. 27-47.
Morey, Charles R. *Mediaeval Art*, Nova York 1942.
Panofsky, Erwin. Der Begriff des Kunstwollens, *Zeitschrift für Ästhetik und allgemeine Kunstwissenschaft* 14, 1920, p. 321-39 (também in Panofsky 1964, p. 33-47).

———. Über das Verhältnis der Kunstgeschichte zur Kunsttheorie. Ein Beitrag zu der Erörterung über die Möglichkeit ''kunstwissenschaftlicher Grundbegriffe'', *Zeitschrift füe Ästhetik und allgemeine Kunstwissenschaft* 18, 1925, p. 129-61 (também in Panofsky 1964, p. 49-75).

———. Zum Problem der Beschreibung und Inhaltsdeutung von Werken der bildenden Kunst, *Logos* 21, 1932, p. 103-19 (também in: Panofsky 1964, p. 85-97).

Introductory, in: *Studies in Iconology. Humanistic Themes in the Art of the Renaissance*, Nova York 1939, p. 3-31 (*Studien Zur Ikonologie. Humanistische Themen in der Kunst der Renaissance*; Colônia 1980, p. 30-54).

———. *Gothic Architecture and Scholasticism*, Latrobe, Pennsylvania 1951 (e muitas edições posteriores).

_____. *Meaning in the Visual Arts. Papers in and on Art History*, Garden City, N.Y. 1955 (*Sinn und Deutung in der bildenden Kunst*, Colônia 1978).

_____. *Aufsätze zu Grundfragen der Kunstwissenschaft*, H. Oberer, E. Verheyen ed., Berlim 1964.

Pochat, Götz. *Der Symbolbergriff in der Ästhetik und Kunstwissenschaft*, Colônia 1983.

Podro, Michael. *The Critical Historians of Art*, New Haven, Londres 1982.

Radnóti, S. Die wilde Rezeption. Eine kritische Würdigung Erwin Panofsky von einem kunstphilosophischen Gesichtpunkt aus, *Acta Historiae Artium* 29, 1983, p. 117-53.

Rechet, Roland. La méthode iconologique d'Erwin Panofsky, *Critique* 24, 250, 1968, p. 315-23.

Reudenbach, Bruno. Gotische Kathedrale im Zwielicht. Die Kunstgeschichte revidiert ikonologische Deutungen, *Frankfurter Allgemeine Zeitung* 26, 10.1988.

Roger, Alain. Le schème et le symbole dans l'œuvre de Panofsky, in: *Erwin Panofsky. Cahiers pour un temps*, prefácio de Jacques Bonnet, Paris 1983, p. 49-59.

Semper, Gottfried. *Die textile Kunst für sich betrachtet und in Beziehung zur Baukunst (Der Stil in den technischen und tektonische Künsten, oder praktische Aesthetik. Ein Handbuch für Techniker, Künstler und Kunstfreunde*, 2 tomos, Frankfurt/M 1860, Munique 1863, Tomo 1), Frankfurt/M 1860.

Shelby, Lon R. The Geometrical Knowledge of Mediaeval Master Masons, *Speculum* 47, 1972, p. 395-421.

Simson, Otto von. *The Gothic Cathedral. Origins of Gothic Architecture and the Medieval Concept of Order*, Nova York 1956 (*Die gotische Kathedrale. Beiträge zu ihrer Entstehung und Bedeutung.* [Darmstadt 1968] Darmstadt^2 1972).

Starace, Francesco. Erwin Panofsky, l'architettura gotica e la filosofia scolastica, in: Francesco Starace, Pier Giulio Montano, Paolo di Caterina: *Panofsky, von Simson, Woelfflin. Studi di teoria e critica dell'architettura*, Nápolis 1982, pág. 87-119.

Summers, David. *The Judgment of Sense. Renaissance, Naturalism and the Rise of Aesthetics*, Cambridge, Londres, Nova York 1987.

Tafuri, Manfredo. *Theories and History of Architecture*, Londres, Toronto, Sidney 1980 [*Teorie e storia dell'architettura*, Bari 1968].

Terrenoire, Marie-Odile. Villard de Honnecourt, culture savante, culture orale?, in: *Artistes, artisans et production artistique au Moyen Age. Colloque international*, Tomo 1, *Les hommes*, Paris 1986, p. 163-75.

Warnke, Martin. *Bau und Überbau. Soziologie der mittelalterlichen Architektur nach den Schriftquellen*, Frankfurt/M. 1976.

Yates, Frances A. *The Art of Memory*, Londres 1966.

FONTES ICONOGRÁFICAS

Bibliothèque Nationale, Paris 5,7,29,34
Bildarchiv Foto Marburg, Marburg 1, 2, 3, 8, 9, 15, 20, 23, 26, 28, 30, 32, 37, 38, 39, 40, 41, 42, 43, 45, 49, 50, 51, 52
British Library, Londres 4, 6, 17
Caisse Nationale des Monuments Historiques, Paris 16
Werner Neumeister, Munique 31
D. M. Noack, Berlim 24
Jean Roubier, Paris 22, 25, 27, 33
Todas as demais ilustrações pertencem ao arquivo da editora.

IMPRESSÃO E ACABAMENTO

YANGRAF

GRÁFICA E EDITORA LTDA.
WWW.YANGRAF.COM.BR
(11) 2095-7722